新宿の猫

ドリアン助川

ポプラ文庫

一

あの頃のことをどこから語るべきなのか、ボクは今、ばらばらに並んだ思い出を前に立ち止まっている。時代の象徴としてバブルなどという言葉もはやったけれど、それはあくまでも世間のことだ。背伸びするお金など持ち合わせていなかった身にとっては、人生の一時期を表わす言葉には成り得ない。

たしかに、社会全体が浮ついていた時代だったように思う。土地は転がせば転がすほどお金になると言われ、都心のマンションはのきなみ億の値がつくようになった。もちろん、新宿でも地上げ屋が暗躍した。歓楽街を歩けば、閉鎖されたバーがいくらでも目に入った。ドアに打ち付けられた板には怪しげな会社の名があり、その区画がじきに再開発される運命にあると告げていた。不動産の売買や大胆な投機で潤《うるお》った人たちがずいぶんといたはずだ。

そんな世相とは対照的に、ボク個人にとっては、迷路の壁にぶつかりながら歩いているような不器用な季節だった。未来は明るいとだれもが信じていた時代だっただけに、一人でもがいている自分がよりみじめに感じられた。

でも、その薄暗い混沌とした日々に、のちの人生を左右する物語の種は隠れていた。偶然入った居酒屋で、偶然見かけた遊び。すこし長くなるかもしれないこの話は、まずそこから始めてみようと思う。

猫の、ギャンブル。

カウンター席で隣り合わせた客がなにをしているのかわかったとき、ボクは忘れていたその感覚を久しぶりに味わっていた。噴き出すのを堪えるつらさというやつだ。そして、体温の玉のようなものが自分のなかに現れたことに驚きもしていた。

荷物を置く場がないほど狭く、細長く、オンボロな居酒屋だった。まっすぐなカウンター席が一列あるだけなので、客はサヤインゲンの豆のように並んで座っていた。

カウンター席の背後はすぐ壁だった。もたれかかるには便利だったが、すこし太めの客が座れば通路としてのスペースは失われた。だれかがトイレに立つたびに、みんな気を遣《つか》った。腰を浮かせたり体をひねったり、いっせいに体操を始めるのだ。

でも、理不尽なくらいに狭い店だったからこそ、隣り合う者どうしの言葉があった。猫たちの目の輝きがそばにあった。たいせつな出会いがあった。その結果ボクは、避けては通れない人生のある問題について、正面から向かい合うことになったのだった。

新宿には学生の頃から出入りしていた。本やCDをチェックしたり、興味本位でラブホテル街を歩いてみたりといった具合だ。だけど、もちろんボクは新宿のすべてを知っていたわけではなかった。たとえばお酒なら、高校の頃の現代国語の先生の教えを守り、ある限られた区域で飲むと決めていた。

（「人間とはなんだ？」が口癖の先生だった。「東京の大学に行く人はここで飲みなさい」と授業中におっしゃり、黒板に白墨で「新宿ゴールデン街」と書いたのだった）

地上げ攻勢に耐えられず消滅するという噂もあったが、それでも二百軒以上の小さなバーが並ぶゴールデン街は、いつもそれなりのにぎわいがあったように思う。戦後のどさくさの頃から続く街だ。酔客は一軒の店に飽きると隣の店へ、そしてまたその隣へと、灯りを求める蛾《が》のように舞うことができた。酔っ払いとしての用がこの狭い区域だけで足りたのだ。

お金をあまり持っていなかったくせに、ボクもお酒が入ると同じことをした。この街のマスターやママたちは、ボクのような若造でもバカにせず、対等に話をしてくれた。それがうれしくて、赤い星、青い星、白い星と、半径五十メートルほどの小さな銀河をさまよい歩いた。だから、歓楽街として有名な新宿二丁目や三丁目、コマ劇場の周辺などにはあまり足を延ばしたことがなかった。ゴールデン街からわずかに離れたその細長い店に入ったのも、最初は偶然の偶然に過ぎなかったのだ。

その日、とにかくボクは飲みたかった。ひどく落ちこんでいたからだ。頭のてっぺんからつま先まで不安でいっぱいだったし、自身を呪ってもいた。どれだけ射《う》ちまくっても的に当たらないフリーの構成作家など、底の抜けたジョッキより使いみちがなかった。

そんなにもへこんだ理由は、テレビ赤坂の制作会議にあった。ディレクターやプロデューサーの前でボクはどんどん小さくなっていき、最後は椅子の上で消滅していた。徹夜でクイズ原稿を五十問も作ったのに、採用されたのは、『ハチワレ、サバトラ、キジトラ。さて、なんの種類？』という一問だけだった。残り四十九問のクイズ原稿は、「なんか違うんだよね」と顔をしかめるディレクターの手によってゴミ箱に捨てられた。「人生の不遇の時期を表わす言い方として適当なのはどれでしょう。一、選ばれていないときは選ばれていないとき。二、選ばれていないときが選ばれているとき。三、選ばれていないときは飲んで寝るしかないとき。なに、これ？　これがクイズになると思ってる？　あんたさ、基本的にわかってないんじゃないかな」と、ディレクターは錆《さび》でも舐《な》めるような表情をボクに向けてきた。「すいません」とボクは目をそらした。使えるクイズがほとんどなかったことはきっと師匠にも伝わる。その予感がまたボクを暗い気分にさせた。

立ち直る材料を見つけられず、ボクは抜け殻のようになって四月の霞《かす》む空の下を歩いていたのだと思う。赤坂見附駅のトイレで鏡を見たら、マダム・タッソーの蝋《ろう》人形がそこに立っていた。気力だけではなく、表情まで会議室に落としてきたらしい。ボクには慰めてくれる彼女もいなかった。もはやお酒に頼るしかない。高田馬場のアパートに帰って寝ればいいのに、ボクは吸い寄せられるように新宿に向かったのだった。

蝋人形のまま丸ノ内線に乗り、新宿三丁目駅で降りた。雑踏に吐き出され、やはり蝋人形のまま靖国通りを越えた。でも、夜まではまだいくらか距離があった。新宿の空は食紅《しょくべに》を薄めたような夕暮れで、ゴールデン街は化粧をほどこす前の午后《ごご》の眠りから目覚めていなかった。

灯りのついていない、くすんだ看板の列。ぽつぽつと虫食いのように目立つ閉鎖されたバー。人影のない蒼黒い通路。ボクは途方に暮れた。歌舞伎町のラブホテル街の方へと歩きだしたのは、自分の心と重なるかのようなその風景に背を向けたくなったからかもしれない。

すると、地上げで廃墟となったラブホテルの正面に、赤提灯をぶら提げた居酒屋があった。提灯には穴があいていて、電球が魔界の灯台のように光っていた。店のガラス戸を覗くと、長いカウンター席に数人の客の姿があった。

提灯には寄席文字で「花梨花」と記されていた。なんと読むのかボクにはわからなかった。「かりんばな」とまず浮かんだが、やはり響きとして「かりんか」なのだろうと思った。ロシア民謡にそのタイトルの歌がある。それならこの店はロシア料理を出すのだろうか。赤軍合唱団の歌でも流れているのだろうか。

そんなことを考えているうちに、担当している情報番組のネタになるかもしれないと思い、入口のガラス戸を開けていた。

こうしてボクは、運命の人と出会うことになったのだ。なにが運命だったのかということは、おいおい語っていくとして。


店に一歩入ると、聞こえてきたのはソヴィエト赤軍合唱団ではなく、座礁《ざしょう》したマッコウクジラを思わせるしゃがれ声のブルースだった。トム・ウェイツの『ダウンタウン・トレイン』だ。

いや、その話じゃない。

そう、猫のギャンブルだ。

初めての店とあって、ボクはいささか緊張しながらガラス戸をくぐった。厨房の若い女性が、「どうぞ」と奥を指さしたので、長いカウンター席の後ろを気おくれしながら歩いた。ボクを通すために三人の客が少々の体操をした。ボクは酎ハイを頼み、前を向いて飲み始めた。

「俺はアネゴ」

「じゃあ、おいら、社長だよ」

隣の客二人がなにを言っているのか、ボクはまったくわからなかった。

アネゴ、と言ったのは、パンチパーマがヒヨドリの巣のように伸びた五十歳前後の男だった。サングラスをかけていて、口を開けると前左半分の金歯がむき出しになった。彼の言葉にはどこの方言かわからない訛《なま》りがあった。

社長、と言ったのは、そのとき二十七歳だったボクよりもすこし年上に見える痩せた男だった。茶色に染めた髪を長く伸ばし、レスポールのギターがプリントされたTシャツを着ていた。プロかどうかはともかく、ミュージシャンとしてすこしは活動していそうな雰囲気だった。ただ彼はジーンズに素足で、下駄《げた》を履いていた。そして顔もその履き物と同じく角張っていた。ボクのなかで彼は、「下駄ロック」という呼び名になった。

ヒヨドリの巣は、借金取りが持ちそうな黒いセカンドバッグからペンを取り出し、それぞれの割り箸の袋に、「アネゴ」「社長」と書きつけた。

二人は、ホッピーの印がついたジョッキを傾けつつ、だれかの噂話をしだした。

「あいつンところは息子が優秀だろう。今度アゼルバイジャンの大学に留学するんだってよ」とヒヨドリの巣が言うと、下駄ロックが声をひそめた。

「アゼルバイジャン？」

「おう。ソ連が解体してちっちゃな国がいっぱいできたろう。アゼルバイジャンもそのひとつよ。産油国だからな、これから大事な国になるんでえ」

「ふーん。でもさ、その優秀な息子、親父が化粧して、網タイツ穿いて新宿を歩いてるってこと知ってるのかな」

興味をかき立てられる話ではあったが、初めての店だったし、ゴミ箱直行のクイズしか作れないぶざまな自分にうんざりしていたときでもあったので、ボクはまだ半ば蝋人形の表情を残したままジョッキを口に運んでいたのだと思う。ただ、酒場の常として、隣に顔を向けずともその居住まいはわかった。

女装のお父さんをめぐって話は盛り上がっているのに、ヒヨドリの巣も下駄ロックもお互いの顔を見ていなかった。二人はすこし頭を突き出して、斜め上の一点に目をやっていた。

どうやら二人が気にしているのは、厨房側の壁の中央に設けられた窓のようだった。かつてはエアコンがはまっていたのか、ちょうどそのサイズの小さな窓だ。入口のガラス戸を除けば、外の明暗がわかるのはそこだけだった。

小さな窓からは、ブロック塀と隣のビルのレンガ壁以外はなにも見えなかった。体裁として窓ではあるものの、風景はない。それなのになぜ二人がそこに目をやっているのか、ボクはわからなかった。

ヒヨドリの巣が「おっ！」と腰を浮かせたのは、注文した煮込みが厨房から差し出されたときだった。湯気の立つ椀を受け取りながら、ボクも同じく胸のなかで、「おっ！」と声をあげていた。

窓の向こうに猫がいた。

黒と茶の縞模様、キジトラの猫だった。ブロック塀の上でこちらを見ている。

「やった！　社長だ！」

下駄ロックがガッツポーズをした。その声が大きかったからか、猫は驚いたように低く身構えた。頬に生傷のある猫だった。丸まった目が黄褐色の輪になって輝いていた。

「社長！　社長だよな」

「待てよ、本当か」

自分を指さす二人をキジトラの猫は見返していた。だれかを捜すように首を左右に振り、どういうわけかボクをじっと見た。そして突然かまってらんねえやという顔になり、窓から消えてしまった。

「なんだ、社長かよう」

ヒヨドリの巣は舌打ちをすると、どうだという表情の下駄ロックに軽い肘鉄《ひじてつ》を見舞った。そしてサングラスをはずし、同情を求めるかのような濁った笑みをボクに向けてきた。金歯が光った。柿の種ほどの小さな目をした男だった。

窓に現れる猫を予想して、二人はなにかを賭けている。猫のギャンブルだ。

これは不意打ちであり、事件だった。

狭い居酒屋が猫の劇場に変わったのだ。

隣の二人と、窓に現れたキジトラの丸い目によって、世界も時間も一新されていた。サングラスをとったヒヨドリの巣の顔もいけなかった。お腹がくすぐったくて、ボクは何度も足の指に力を入れて堪えようとした。

「本当に社長だったか？」

「社長だよ。あれは社長。あの目は社長だよ」

「たしかにあの柄の猫はここらじゃ二匹しかいねえけどな。もう一匹の……」

「専務は片耳やられてぎざぎざだろう。今のは両耳ともピンと立ってた。社長だよ」

専務？　どんな顔をした猫なんだろう。

まずそれを思った。そして次々と疑問が浮かんできた。

客はみんな猫でギャンブルをするのだろうか。この店はつまり、世界でも稀な猫の賭場《とば》なのだろうか。レートはどれくらいだろう。女装のお父さんは参加するのだろうか。

テレビ赤坂の前でうなだれ、立ち尽くしていた自分は、煮込みの湯気とともに消えていた。いくつもの体温の玉が弾け、新宿に流れてきたことは最善の選択だったとすら思い始めていた。

ボクはあらためて店のなかを見回した。厨房の入口側にはメニューが記された小さな黒板が掛けられていた。働いているのは二十歳前後に見える若い女性一人で、焼き台と洗い場を忙しく行き来していた。

「夢ちゃん、負けちゃったからよう、こいつにホッピー一杯おごり。あとは？」

「焼き鳥盛り合わせってところで」

「ちぇっ。そういうことだからよう、今頼んだ分、俺につけておいて」

夢ちゃん。

厨房の女性、そういう名前なんだ。

ボクの耳は勝手に彼女の呼び名を記憶していた。

「また、やってたんですか？」

その夢ちゃんが氷と焼酎の入った新しいジョッキを手にして近付いてきた。額には汗がにじんでいる。

「ああ。社長が現れやがった。やられちゃったよ」

「へー。なかなか当たらないのに」

夢ちゃんは身を乗り出すようにしてカウンターにジョッキを置いた。そして麦芽飲料のホッピーをそこに注いだ。ジョッキのなかで焼酎が琥珀色に輝きだした。他の客もみんな同じものを飲んでいる。どうやらこの店では、ホッピーを飲むのが一般的であるようだった。下駄ロックは、「当たったの、久しぶりだよ」とその新しいジョッキに口をつけた。

「社長のおかげで、おいら一杯飲める」

「そう?」

下駄ロックが微笑みかけたのに、夢ちゃんは意外なほどそっけなかった。汗ばんでいる額におしぼりを当ててると、「盛り合わせは塩ですか、タレですか?」と二人に確認し、また焼き台の方へ戻っていった。

笑顔の遠い人なのかな。

それが夢ちゃんに対する第一印象だった。なかなか当たらないと夢ちゃん自身が言うのだから、当たった下駄ロックにすこしくらい微笑んであげてもいいのにとボクは思った。あるいは、忙しくてそれどころじゃないのか。そうも感じた。

炭が燃えている焼き台の前は絶対に暑い。夢ちゃんは汗まみれだ。でも注文は次々やってくる。猫で勝ったの負けたのなんてどうでもいいことかもしれない。

この狭い店に対して急激に興味を持ちだしたボクは、隣の二人に倣《なら》ってホッピーを頼んでみた。額に汗を浮かべた夢ちゃんが、焼酎の入ったジョッキと、それを割る麦芽飲料を差し出してくれた。

「あの、すいません」

間抜けだと思ったが、ボクは聞いてみた。

「このお店、かりんか、と読めばいいんですか?」

「はい。そうですけど、別に……」

「別に?」

「好きなように読んで下さればいいです」

「好きなようにって?」

「なんとでも」

愛想笑いすらなかった。

夢ちゃんは声もちょっと変わっていた。わずかに舌足らずで、空気が抜けているような話し方をする。無表情に見えるその表情がまた独特だった。切れ長の大きな左目はボクを捉えていたが、すこし丸みを帯びた右目のなかにボクはいないようだった。

なんとでも、と言われても。

焼き台の前に戻った夢ちゃんをボクはそっと盗み見た。笑わないからといって、意地悪をしたり、依怙地《いこじ》になっているようには見えなかった。しかし、なにかうっすらとしたもの、たとえて言うなら、夕方に降りてくる透明な夜の膜の一部が、彼女の顔にすでにかかっているような気配があった。

ボクは意識的に背筋を伸ばし、隣と同じ焼き鳥の盛り合わせを注文した。夢ちゃんは焼き台の前から動かず、「塩ですか、タレですか」と聞いてきた。ボクは迷い性というか、これを尋ねられるといつも即答できなかった。この日もそうで、みっともないほど長く考えてから、「塩を下さい」と頼んだ。

しばらくして、夢ちゃんは隣の二人とボクに焼き鳥の盛り合わせを一皿ずつ運んできてくれた。やはり身を乗り出すようにしてカウンターに皿を置く。

どちらかといえば、夢ちゃんは小柄な女性だった。座っているボクと顔の位置があまり変わらなかった。だからよけいに表情が気になったのかもしれない。

「じゃあ、次、俺はトトだ」

「え、ハチワレかい？　なら、おいらはポップだな」

「あー、黒猫かよ」

隣の二人は焼き鳥をつまみながら、次の勝負を始めたようだった。ハチワレという言葉がボクには引っかかった。体毛が白と黒の二色からなり、額の部分に黒く八の字がかかっている猫を示す専門用語だった。

高田馬場のボクのアパートにも猫は遊びに来る。もともとボクは猫好きだし、クイズを作るために確認もしたからハチワレという言葉を知っていた。でも、その特殊な呼び方や、窓に現れるこのあたりの猫の名前をどうして彼らが知っているのか、それが不思議だった。

「夢ちゃん、焼き鳥うまいよ」

串を口に運びながら、ヒヨドリの巣が厨房に声をかけた。焼き台の夢ちゃんはこちらをちらりと見て、「そう?」とだけ言った。

焼き鳥は本当にうまかった。

鶏には申し訳なかったけれど、ササミもネギマもレバーも、砂肝も皮もツクネもみんな花丸をあげたくなるレベルだった。どの串にもよく火が通っていて、ひとつひとつの肉片が汁と旨味でふくらんでいた。塩加減も絶妙だった。行き過ぎることなく、まさに望んでいたところを撫でてくれるような味わいだった。どの串もホッピーにことごとく合った。

「あっ！　なんだよ」

ヒヨドリの巣がまた腰を浮かせた。焼き鳥を頬張っていたボクも顔をあげた。

もう陽は暮れていたが、店の灯りが窓の外のブロック塀を浮かび上がらせていた。そこに猫がいた。白猫だった。灯りを受けた毛並みが細やかな花のように光っていた。蒼く輝く目をまん丸にして店のなかを覗きこんでいる。

「ちくしょう」

二人とも天を仰いだが、下駄ロックは一度当てていたからか、いかにも余裕ありげに白猫の呼び名を言った。

「女王、今日もセクシーでしゅね」

「女王じゃねえだろう。ブリーフだろう」

「いや、ブリーフなら洟を垂らしているよ。それにこのところ、見ないよ」

「そうか？　そうだったか？　なあ、夢ちゃん、この子は女王かい？　ブリーフかい？」

ヒヨドリの巣が窓の白猫を指さしながら、焼き台の夢ちゃんに声をかけた。夢ちゃんは他の客が頼んだ串ものを炙っていて、すぐにはやってこなかった。その間に、白猫は窓からいなくなった。ヒヨドリの巣は文句にも甘えにも聞こえる声で、「夢ちゃんよう、今日はあれがねえじゃん。猫のあれがよう」と言い、冷蔵庫を指さした。

「見たいなら、貼るけど」

夢ちゃんは冷蔵庫の横でかがみこんだ。そこにはラックがあり、画用紙やノートなどが挟まっていた。なにかを捜している夢ちゃんの背中に向けて、「おいら、名前はだいたい覚えてるよ」と下駄ロックが言った。

夢ちゃんが取り出したのは、八つ切りサイズの紙だった。そこに描かれているものが目に飛びこんできたときの「やられた感」を、そしてぱっと広がったその愉快な気分を、ボクはたぶん一生忘れないと思った。今もそのときの驚きなら、昨日の夕飯の内容よりもはっきりと思い出せる。

事件は続くのだ。世界は常に一新される。

そこには、鉛筆で描かれたたくさんの猫たちがいた。漫画のキャラクターのようにデフォルメされたイラストだった。それぞれの名前、♀と♂のマークでメスかオスか、年齢らしき数字も併記されていた。細かい文字で各猫の特徴も短く書かれているようだった。

「そうそう、これ。猫の家族図がないとな」

ヒヨドリの巣はうれしそうに言った。

猫の、家族図？

家系図ではなく、家族図？

夢ちゃんは赤いマグネットをエプロンのポケットから出し、猫でいっぱいのその紙を冷蔵庫の白いドアに貼り付けた。ボクはほとんど記憶してしまうような勢いでその猫の家族図に見入った。そこには、全部で十七匹の猫が描かれていた。

茶トラの「豆太郎」「大次郎」「花代」。
キジトラの「社長」と「専務」。
ハチワレの「トト」「ココ」「ショウ太」。
黒猫の「バチ」「ポップ」「スティング」。
白猫の「女王」と「ブリーフ」。
サビ猫の「アネゴ」と「ルー子」。
サバトラの「ムク」。
そして三毛の「エリ」だった。

（トラ猫系の区別がちょっとわかりにくいという人のために簡単に説明すると、茶トラは明るい色をしたトラ猫だ。赤猫とも言われ、人なつっこい。キジトラは、黒と茶色の縞模様で、鳥のキジのような柄をしている。サバトラは、魚のサバのように白銀と黒の縞模様だ。サビ猫は遺伝的にほとんどメス。茶と黒が交ざり、ホッピー色に輝く目をしている。ついでに、三毛猫もたいがいはメスだ）

「ああ、やっぱり今のは女王ちゃんだ」

下駄ロックは両腕を頭の後ろで組み、夢ちゃんにさっぱりとした笑顔を送った。

「二人ともはずれちゃったからさ、場代払うよ。なにがいい?」

夢ちゃんは額の汗をぬぐいながら、そこで初めて微笑んだ。わずかに笑うだけで、ずいぶんと印象が変わる女性だと思った。塀の上の猫たちではないが、笑うと彼女の瞳は光を取りこむ。きらめきが現れる。

「ありがとうございます。じゃあ、私、レモンサワーもらいます」

夢ちゃんは新しいジョッキを出し、自分でサワーを作って焼き台の方へ戻っていった。

ボクはそこで勇気を出して、隣の二人に話しかけてみた。

「あの、猫のギャンブルは場代が必要なんですか?」

下駄ロックはタハハと乾いた笑い方をしたが、ヒヨドリの巣は緩さと強ばりを交互に練りこんだような表情で、「ニイさん、失礼なことを言うんじゃねえよ」と金歯を見せた。

「ここはデカも飲みに来るんだからよう、猫でギャンブルなんてやったら捕まっちまうじゃねえかよ」

はあ、と返事をしつつも、当然ボクの胸からは疑問符の丸い部分が飛び出していた。

「あの……」

「ギャンブルじゃなくてよう、猫と遊んでるだけなんだよう。俺ら、『猫じゃん』って言ってるんだ。あ、窓に猫じゃん！　って、こんな感じで言うときの、猫じゃんよ」

「猫じゃん？」

下駄ロックが横でうなずいた。

「そう。猫じゃんって遊び」

「でも、その猫じゃんは、だれも当たらないと、あの夢ちゃんという人に場代を？」

いや、そうじゃなくて、と下駄ロックが首を横に振った。長い髪がつられて躍る。

「夢ちゃん、一人で大奮闘でしょう。一、二杯飲んでもらうために、わざと場代だなんて言ってるんだよ。本当、単なる遊びだからさ」

そうだったんですか。と、ボクは小声で返事をし、急にできた間を埋めるかのようにホッピーのジョッキに口をつけた。

「ニイさん、この店初めてかい？」

ヒヨドリの巣が、巣の真ん中あたりを指でかきながらしつこく金歯を見せた。

「はい」

「疲れた顔してんじゃねえか」

「そうですか？」

「ああ、そう見えるよ」

そりゃそうだろう。今日の午後はずっと蝋人形だったのだから。でも、自分の苦い部分はもうどうでもよくなっていた。

「あの、猫の家族図ですけど。あれ……あの人が、夢ちゃんが描かれたんですか？」

「おう、そうよ」

ヒヨドリの巣は一度大きく頭を振ってから、「夢ちゃん、絵も上手だもんなあ」と、わざと大きな声を出した。ボクらはそろって焼き台の方を見たが、夢ちゃんは振り向きもしなかった。

「あれ、本当の家族図なんですか？」

下駄ロックがジョッキを片手に「どうかな」と首をかしげた。

「新宿のこのあたりの猫を描くとさ、血のつながりがあるからどうしても家族図みたいになっちゃうんだって。前にあの娘がそう言ってた」

「家系図じゃなくて、家族図？」

「うん。いくら夢ちゃんでも、家系図を描くまでは猫のご先祖様を辿れないよ。あのなかにだって、最近はもう現れない猫もいるし。詳しいところは、おいらにもよくわからないけれど」

「ニイさん、それはともかくよう、焼き鳥はうまいだろう？」

「はい。とてもおいしいです」

「ニイさん、名前はなんていうの？」

「あ、山崎です」

「山崎なによ？」

「山崎セイタです。晴れるに太い」

「じゃあ、山ちゃんでいいな」

「だったら！」

びっくりした。いきなりの大声は、焼き台の前の夢ちゃんからだった。

「そんなに簡単に、山ちゃんって言っちゃうんだったら、わざわざその人の下の名前まで聞かなくてもいいじゃない」

他の席の数人の客も、そこを突っこむか？　といった顔を夢ちゃんに向けた。

「まあ、だから……晴れるに太い、山ちゃんなんだよ。あっはー」

ヒヨドリの巣はおどけたように両手を泳がせてみせたが、夢ちゃんは無視した。

「やまちゃんのヤマは、マウンテンの山ですか？」

厨房の一番遠いところからそう問いかけてきた声は、やはり空気が抜けているように感じられた。

「はい。マウンテンの山です」

それ以外の山ちゃんってあるのか、とヒヨドリの巣が小声でつぶやいた。それをまた夢ちゃんは聞き逃さなかった。

「あるよ。邪馬台国のやまちゃん」

「そんなやまちゃん、いねえよ」

ヒヨドリの巣は夢ちゃんに言い返すと、自分のジョッキをボクのジョッキにぶつけてきた。夢ちゃんはまた焼き台に目を戻してしまったが、袖振り合うもなんとかで、ボクは隣の二人とそのあと五杯もホッピーを飲むことになった。でも、「猫じゃん」や猫の家族図については、彼らになにも尋ねなかった。

いつか機会があれば、夢ちゃん本人に聞いてみようと思ったからだ。どうしてこれだけの数の猫たちを知っているのだろう。どんな番組が向いているのかわからないが、ネタとして絶対に使えると思った。でもそれ以前に、ボク自身になにかが生まれていた。猫の家族図を見た瞬間、体のなかで弾けたなにか。つまりボクはそのとき、この「花梨花」にしばらく通ってみようと思ったのだ。

二

　その頃のボクは、有名な構成作家に弟子入りした駆け出しの、いや、ほんのゴミみたいな立場の構成作家だった。テレビやラジオの番組、その下地のさらに下地を作る下請け稼業に日々を費やしていたのだ。

　ついでにボクは新宿の酔っ払いであり、ときにはゴールデン街の駐車場でうずくまってしまう泣き虫でもあった。

　今の時代でもあまり変わらないと思うが、構成作家にもいろいろある。その頃の自分の師匠のように名を馳せ、タレントを従えて飲み歩くような人もいれば、陰でいちいち這いつくばっているボクみたいな者もいた。アイデア出しやクイズ作成ばかりで、通しの台本はなかなか書かせてもらえない永遠の卵。しかも卵のなかはすでに腐っていた。フリーの構成作家とは名ばかりで、本当に自由なことを語ると師匠に小突かれる典型的な使い走りでもあった。

　どうしてボクはこんなふうになってしまったのだろう。これがボクに与えられた人生なのだろうか。内側から突き上げてくるそうした問いかけにボクはいつも悩まされていた。自身の在り方がわからず、袋小路から澱んだ空を見上げているような毎日だった。

学生の頃は映画や演劇に熱をあげていた。自分で脚本を書いて小さな芝居の演出をしたり、仲間たちと8ミリフィルムを回してショートムービーを製作したりもした。他にこれといって特技はなかったし、お金や権力にも人生を賭けるほどの魅力は感じていなかったので、なにかを創作して人に観てもらう生き方が一番だと思っていた。その道が自分に合っていると信じていたし、できればそういう人生を歩みたいと思っていた。だから就職先はまず、テレビ局や映画会社を考えた。

ただボクは、周囲に流れが起き、同調圧力的な気配を感じ始めると、変に怖じ気づくというか、そこから一人はずれてしまう天の邪鬼なところがあった。大学入試のときもそれで苦労したし、就職活動も同じだった。まわりの目の色が変わっているのに、なかなか腰をあげられずにいた。

企業の資料を大学の就職センターに見に行ったのは、就活解禁日の直前だった。放送局や大手出版社を目指す学生たちは、早ければ二年生くらいから情報収集に走りだすのだから、勝負はすでに見えているようなものだった。でも、その日ボクを打ちのめしたのはもっと別の、それ以前のできごとだった。

就職センターの資料棚の前は、リクルートスーツを着た学生たちでにぎわっていた。特にテレビ局や出版社の資料の前は、すでに通勤ラッシュが始まっているような混み方だった。ボクはしばらくそれを遠目に見ていたが、いつまでたっても空きやしないので、毛玉のついたセーターのまま彼らの間に割りこんでいった。そして試しにと、テレビ赤坂のファイルを手に取ってみた。

真っ先に飛びこんできたのが、「色覚異常受験不可」という文字だった。

火星の外側あたりで微惑星どうしがぶつかったような、冷たい衝撃波がボクを通り越していった。ほんの数秒かもしれないし、あるいはもっと長い時間だったかもしれない。ボクはファイルを手にしたまま固まっていた。目だけが何度もその文字を往復した。

ボクはファイルを棚に戻すと、続けて六本木テレビと麹町テレビの資料を開いてみた。同じ文字、「色覚異常受験不可」がそこにあった。

瞬きの回数は増えていたと思う。テレビ虎ノ門や曙橋テレビ、公共放送である渋谷のハチ公テレビにまでボクは手を伸ばしていた。どのファイルにもやはりその文字があった。判で押したように、いや、実際に「色覚異常受験不可」という青黒い判が押されていた。

そうか。そうだったのか。

ボクはテレビ局を受験できないのだ。

なんだ、知らなかった。

気持ちを鎮めるために何度かの深い呼吸が必要だった。落胆はした。でも、別にいいやと思った。テレビよりは映画の方が性に合っている。一方的に受験不可を告げられた苦みは残っていたが、未来はまだ無限だと思われた。続いて映画会社を見てみることにした。

まず、東峰を見た。ファイルを開いた瞬間にその文字が目に入った。「色覚異常受験不可」とある。頭のなかが白くなった。つばを飲みこみながら、東影と松竹梅も見た。同じだった。ボクは映画会社からも門前払いをくらったのだ。

軽い立ちくらみがして、ボクは資料棚に片手をついた。就職センターの床が揺らいだようにも感じられた。意識的に息を吐き、続いて出版社の資料の前へと進んでいった。そこもすごい人だかりだった。ボクは一社ずつ、ファイルを抜いては開いていった。

だめだった。すべての大手出版社が「色覚異常受験不可」としていた。

では、広告代理店はどうだろうか。伝通や博識堂は？

これもだめだった。試しに、自分の方向性とはいっさい関係のない職種の棚にも進んでみた。証券会社だった。一社見てみた。

「色覚異常受験不可」

やはり同じ判が押してあった。

就職センターにはずいぶん長い時間いたのだと思う。そこを出て大学の時計台の前を通ったとき、陽が暮れかかっていた。

社会の入口がこういうことになっているとは知らなかった。

そう。ボクは色覚異常だった。薄い色になると、緑と赤の区別がつきにくい目であるらしい。赤緑の色弱というやつだ。らしい、なんて他人事みたいな言い方をしているのは実生活で困ったことが一度もなかったからだ。ただ、小中学生の頃は、健康診断で必ず指摘された。色点で表わされた数字を読み取る検査。いつもあれに引っかかった。

現在では、色覚異常は「色覚の多様性」という言い方がなされ、障碍とは見なされなくなりつつある。でも、ボクが子供だった頃はそうではなかった。「あー、君は色弱なのか。将来苦労するかもなあ」と先生方はおっしゃった。ただし、他にも色弱の男の子たちはいた。実際、日本人の男性なら、平均で二十人に一人くらいが色弱であるらしい。女性なら五百人に一人の割合だそうだ。

だからボクは高をくくっていた。色弱なんて、男性にとっては珍しい存在ではない。問題になるはずがないと思っていた。それに、他人から自分の色彩感覚を揶揄されるのは納得がいかないことだった。

だって、ボクは二つの目でこの世を捉えて知っていた。ボクらの住んでいることの世界は奇蹟のように鮮やかだった。極彩色だし、きらめいてもいた。雨上がりの野原を歩めば、葉っぱの上を転がる水滴のなかにすべての光の輝きがあった。

鮮やかさは力だった。それはボクのすがるものだった。運動神経にも音感にも恵まれなかったけれど、子供の頃から絵を描くのが好きだった。学校の先生には理解してもらえない貼り絵を作って、一人だけケチをつけられたという記憶はあるけれど、そんなの関係ない、なにかの才覚が自分にはあると思っていた。大学で芝居や映画に熱を入れたのも、内なるその宝がなにであるかを確認し、社会で花開かせるためだった。

だが、その社会は突然、ボクの前で扉を閉ざした。採用試験で不利になるのならともかく、ボクがどういう人間であるのか、なにに感動し、どんな創作をしてきたのか、どう生きていきたいのか、面接官にそれを聞いてもらう機会さえ与えてもらえないのだった。

アパートに戻ったボクは、しばらく膝を抱えて座っていた。呼吸し、瞬き、懊悩する陰鬱なキノコになっていた。

就職資料のなかには、「色覚異常受験不可」がない企業の一群もあった。たとえばそれは商社だった。大手でなければ、その日からの試験準備でも間に合うように思われた。でもボクは、商社マンとして働く自分を想像したことがなかった。東南アジアでラーメンを売ったり、中東から石油を買ったり、あるいは全国で唐揚げのチェーン店を展開したり。それはそれで刺激的なのかもしれないが、向いている人は別にいるように思われた。ボクはどう考えても、そうした仕事にフィットする人間ではなかった。

その夜、ボクは考えがまとまらないまま、狭いベランダに腰かけてドラオの相手をしていた。ドラオは毎晩のように現れる茶トラで、食べるものを欲しがって終わりのない歌を歌う猫だった。この日も歌がエンドレスで続きそうだったので、仕方なく窓を開けたのだ。

「こっちが非常事態なのに、お前わかってないよな」

煮干しをあげながら、ボクはドラオの背中を指でさすっていた。すると、アパートの陰から赤ん坊のお孫さんを抱いた大家さんが現れた。

「どうしたの？　非常事態？」

暗がりではあったが、大家さんの表情がはっきりと見えた。ふっくら盛り上がった白髪頭の下に、ふだんより丸く見開かれた目があった。

「いや……まあ、ちょっと」

大家さんのお屋敷はすぐ隣だった。旦那さんはすでに亡くなっていて、長女夫婦と同居していた。

家賃は手渡しをするという取り決めになっていたので、最低でも月一回、ボクは大家さんと顔を合わせていた。そのたびになんとなく互いの話をしていたし、大家さんの方から、「ご飯を食べていきなさいよ」と茶の間に誘ってくれることもあった。そんなときはだいたい、京都の大学から次女が戻ってきているときで、テーブルにはビールや酎ハイの缶が並んだ。大家さんも、その娘たちもお酒が好きだった。飲むと大家さんは昔の話をした。戦争中よりも戦争のあとの方が食べ物がなかったこと。お腹が減っていても、渋谷のダンスホールに踊りに行ったこと。そこで出会った青年たちの話。

その大家さんが心配げな顔でボクを見ていた。なにをどう話せばいいのかわからなくなってボクは口を閉ざしてしまった。思わず頭をかくと、煮干しが落ちてきた。自分がなにをつまんでいるのか、その意識すら飛んでいたようだった。

「うん、あのね、山ちゃん」

大家さんは一度うなずき、顔の下半分だけを緩ませた。

「なにがあったのか知らないけれど……大丈夫よ。山ちゃんなら、大丈夫」

それだけを言うと、大家さんはもう一度「うん」とうなずいた。そしてお孫さんの頭を撫でながら、お屋敷の方へ戻っていった。

就職活動をしないまま一年が過ぎ、ボクは大学の卒業証書を受け取った。

一人で生きていくしかない。それはわかっていた。でも、そのための具体的な方法がわからなかった。学生時代の友人たちが社会へと歩みだすなか、ボクは食べるために塾の講師をしたり、ゴールデン街のバーでアルバイトをしたりした。

その間、テレビドラマ用の長い脚本を書いてみた。脳死移植をテーマにしたシリアスな物語だった。知り合いの知り合いを頼り、テレビ赤坂のディレクターに読んでもらった。

反応はほとんどなかった。新しい革靴を履いてテレビ赤坂の城塞を訪れたのに、「こういうのは、うちじゃどうもね」と困った顔をされただけだった。本当に読んでくれたのですかと、口から出かかった。その人は、プロ野球のナイター中継のディレクターだった。

ボクはその頃、本当にお金がなかった。アルバイトで食いつなぐ身でありながら、お酒を断てずにいたからだ。新しい革靴は、清水の舞台に通じる階段を五段くらい飛び降りるような覚悟で買ったものだった。

うちじゃどうもねのディレクターに頭を下げたあと、節約のため、赤坂から渋谷まで歩くことにした。大した距離じゃない。青山通りをまっすぐ進めばいいだけだ。ところが、新しい革靴がよくなかった。歩いているうちに、両足とも踵の上が痛くなり、だんだん耐えられなくなってきた。ズボンの裾をまくると、靴下に血がにじんでいた。頭のなかで銅線がからまったようになり、ボクはガードレールに腰を下ろした。そして、靴を脱いだ。

青山通りには西陽がさしていた。行き交う人々は揺れ動く黄金の繭のなかで輝いていた。目の前には大手自動車会社の本社があり、都会の通りにふさわしい恰好をした人たちがエントランスを出入りしていた。スーツにはお金がかかっていそうだった。靴はみな軽く、柔らかそうだった。しかもみんないきいきとしていた。嫌味のない笑顔だった。彼ら彼女らが放つまぶしさから目をそらし、ボクは自分の靴の縁を指でもんでいた。

師匠と出会ったのはその翌年だった。

東欧で連鎖的に革命が起き、新しい秩序を求めて世界が動きだした年だ。

ボクがアルバイトをしているゴールデン街のバーに、彼が一人でやってきたのだ。

冷たい雨の降る日で、客は他にいなかった。

師匠の名は永沢一樹という。バラエティ番組で引っ張りだこの構成作家だった。彼の名前はボクですら知っていた。番組のエンディングロールでよく見かけたからだ。

でも、目の前でウイスキーの水割りを飲んでいる中年男性が、その永沢一樹だとボクは気付いていなかった。

「君はさ、なんでここで働いているの？」

バーテンダー一人と客一人。話をしないのも不自然だと思ったのだろう。鍋でがんもどきを煮ていたボクに永沢さんは問いかけてきた。ボクは正直に、「お金がないんです。猫にやる煮干しもなくて」と答えた。永沢さんは陽気にアハハと笑った。

実際、塾とバーのアルバイトだけでは食いつなぐことすら難しくなっていた。そのときのボクの部屋は、料金の滞納のせいで電話と電気とガスを止められていた。日が昇ると部屋は明るくなり、日が沈めば暗くなった。原始のリズムのなかでボクは生活していた。しかも、とんでもないことが起きたばかりだった。ボクはこのたった一人の客を相手に、数日前のできごとを話しだしていた。

その夜、塾のアルバイトを終え、アパートに戻ろうとすると、発電機を作動させた工事用の車輌が停まっていた。電気を送るコードは道路に接したボクの部屋へと続いていた。そしてなぜか、暗いはずの部屋が内側から強い光で照らされていた。なんだ、なんだ、なんだ、とボクはアパートの入口まで急いだ。そこには孫娘を抱いた大家さんがいた。ボクは脊髄反射的に、「すいません」と謝った。すると大家さんも、「ごめんなさいね。迷惑かけるわね」と頭を下げたのだった。なんのことかわからず自分の部屋を見ると、施錠したはずの扉が開け放たれていた。そこに、ヘルメットをかぶったおじさん（甲）がいた。

ああ、あんたここに住んでいる人け？　とおじさん（甲）は聞いてきた。そして訛りの強い言葉で、起きていることを説明してくれたのだ。

隣の部屋の水道料金がよう、月額十万円を越えたってんだあ。調べてみたら、あんたの部屋の真下で漏水していたっけよ。放っておくとアパートの土台から崩壊するっけ。んだっぺ、水道管の大手術を始めたところだあ。二、三日で穴は埋まるから気にするなよ、まあ、大変だけんどな、ということだった。

うん、と大家さんも横でうなずいた。孫娘はボクの方に両手を伸ばし、無邪気な笑顔をサービスしてくれた。

六畳一間と三畳ほどのキッチン、あとはバストイレだけの部屋だった。そのキッチンが姿を消し、大穴があいていた。穴のなかにはもう一人ヘルメットのおじさん（乙）がいて、ブルーシートを敷いた風呂場で待機しているおじさん（丙）の一輪車にシャベルで掘った土を入れていた。早い話、ボクの部屋は工事現場と化していた。玄関から六畳間まで、掘った穴には板が渡してあった。にいちゃんよう、うまく歩いてな。人生からも落っこちるんじゃねえぞ。落ちずに歩くんだよう、ということらしかった。

大家さんはボクに封筒を渡し、もう一度「ごめんなさいね」と言って去っていった。シートは六畳間にも敷いてあった。ボクはおじさんたち（甲乙丙）が作業をしている横で布団にくるまった。封筒を開けると、一万円札が三枚入っていた。これはなかなかできない体験だと思った。

結局、おじさん（甲）の予告通り、穴は二日で埋まり、隣の人の水道料金はまともな額に戻り、ボクの部屋はやけに泥臭くなり、ドラオはそれきり訪ねてこなくなった。相変わらず電話と電気とガスは止まったままだったが、なぜかおじさん（甲）が六畳間の方のシートだけは置いていってくれた。大家さんがくれた三万円と、そのシートがボクの戦利品になった。

「俺、感動しちゃってんだけど」

話し終わると、永沢さんは笑いながら、「君も飲みなよ」とボクの分の水割りまで注文してくれた。

そしていきなり持ちかけてきたのだ。

雨宿りも兼ねて偶然この店に入った。そうしたらこの出会いだ。君、テレビやラジオの番組をいっしょに作ってみる気はないか。

「君の話はおもしろいよ。才能ある。こういうところで働くのもいいけどさ、もっと自分を活かす場があるんじゃないのかい？」

そしておもむろに、バラエティ番組の巨匠は名刺を取り出したのだった。

「俺、構成作家で、永沢一樹という者です。知ってる？　小さな事務所だけど、手がけている番組の数は多いんだ。君はなんかやりそうだよ。一から勉強してみないか？」

突然のことで、ボクは目を白黒させていただけだと思う。「お名前は存じています」と言ったきり、突っ立っていた記憶がある。

「もったいないよ。若いんだから。放っておくと君は酒でつぶれちゃうタイプかもしれない。だからちゃんと働いた方がいい。俺の仕事を手伝ってくれないかな。君の未来のためでもあるわけだし」

そんなふうに言ってくれる人にボクはそれまで会ったことがなかった。酔いも手伝ってか、ボクはいつしか自分の身の上話をしだしていた。創作で身を立てたいと思っていること。ドラマの脚本を書いて、テレビ赤坂のナイター中継のディレクターに読んでもらったこと。反応は芳しくなかったこと。どこにも勤めていないのは、勤めようがなかったからだということ。なぜならボクは、色覚異常だから。

「バカだな。そんなの、いっさい問題なしだよ」

笑ったり、うなずいたりしながら話を聞いてくれていた永沢さんだったが、ボクが目のことを告白すると、強い口調で言い切った。

「気にするだけ損だよ。色が多少違って見えることくらい、放送作家ならまったく問題ないさ。むしろ番組を作りたいなら、局の正社員になんかなっちゃだめだ。大半は営業だの経理だのをやることになるんだから。俺なんか高校中退だよ。学歴なんかないけどさ、裏から食らいついてきたんだ。根性だけでやってきた。そういう奴はけっこういるよ。だから君は、俺たちのような者のところに志願してくるべきだったんだよ。よーし、俺とやろう。君の未来は明るいぞ!」

永沢さんは一方的に手を差し出してきた。わずかな躊躇のあと、ボクは彼の手を握り返していた。

こうしてボクは、代々木の雑居ビルの最上階にある永沢さんの事務所に出入りするようになった。もちろん社員ではなく、構成作家の見習いとしてだ。大人の丁稚《でっち》奉公みたいなものだった。

まず与えられた仕事は、永沢さんが企画した三つの情報番組のリサーチだった。これが想像していた以上に忙しく、調べ物と取材の準備をするだけで昼夜があっという間に過ぎていった。この年は、数えるほどの休日しかなかった。ただ、ありがたいことに、サラリーマンの初任給程度の額はこの仕事で確保できるようになった。

その翌年からは、いきなり各局の現場で汗を流すことになった。

ギャラがよかったのは、曙橋テレビの情報番組だった。事前に企画を立て、取材した内容をパッケージ化する作業だ。リサーチャーとして取材の手伝いをする上に、週一回の会議で企画を十本出すことが義務となった。

次に、麹町テレビのスペシャル枠、『惑星一周クイズ』。クイズに正解し続ければ海外旅行ができるという趣向で、挑戦者も多く、国民的な人気番組となっていた。毎週二回、午後一時から十一時まで十時間ぶっ通しの会議が行われた。番組の演出案を考えるとともに、毎回の会議で四十問のクイズとその解説を発表しなければならない。海外旅行のコースが決まれば、どこでなにをやるのか、そのアイデアも限りなく求められた。

もうひとつは、四ツ谷駅から歩いて十分ほどの若葉ラジオでの仕事だった。昼のニュースワイド番組を週一回担当し、朝六時からスタジオに張りつく。番組はひとつのテーマを多方面から掘り下げていく内容で、仮にクマが人を襲ったという事件から全体を構成するなら、クマの専門家から動物園の飼育係、里山の研究家、ヒグマを飼ったことがある作家、死んだふりをしたのにお尻を半分食べられてしまった人などを探し出し、電話出演の交渉に当たらなければならない。アナウンサーには問答の想定台本を書き、ゲストコーナーに生出演してくれる歌手や女優の打ち合わせ相手も務める。

たかが三つの番組だけれど、これを毎週コンスタントにこなしていくのは並大抵のことではなかった。企画十本、クイズはのべにして八十問。発表するのは、業界の妖怪みたいな人たちが頭を並べる会議だ。この人たちからあまり文句が出ないよう、まっとうに吟味されるレベルで仕事量を維持していかなければならない。

それでも、構成作家としての名刺を作ってもらい、各局を飛び回り始めた頃は、苦痛よりも興奮が勝っていたと思う。つい一年前までアルバイトで食いつないでいた人間が、まさしくテレビでしか観られない本物の女優さんに、「添い寝してもいいと思うのはどんなクマですか?」などと至近距離から問いかけ、その場で台本を作っていくのだ。ボクが書きこんだ言葉を、アナウンサーが読む。言葉は電波に乗り、何十万もの人々の耳に届く。人生はたしかに明るいノリを見せ始めたように思えた。

ところが、それから半年ほど過ぎたあたりで、ボクはいきなり沼地にはまった。

なにも出てこなくなってしまったのだ。頭が回転せず、ろくなイメージが浮かばない。逆立ちをしてもアイデアひとつ落ちてこない。

机の上に雑誌を積み上げ、どこかにニュースの企画やクイズのヒントが転がっていないかと、本当に唸りながらページをめくっていた。週のうち二日三日は必ず徹夜での作業となった。それなのに、取材ネタひとつ書くことができない。気の利いた企画を生み出せないと会議で槍玉に挙げられ、罵られる。作ったクイズも目の前でどんどん捨てられていく。

空が白むまでクイズを考えていて、その切れ味のなさが自分でもわかった。どんな会議になるのか想像がつくから、自ら倒れこむかのように具合がわるくなっていった。徹夜続きのせいか、自律神経のバランスも崩していたのだと思う。ふいに発熱したり、汗をびっしょりかいたりした。それでもお酒はやめなかったので、肝臓にも負担をかけたはずだ。

思った通り、麹町テレビのスペシャル枠はその後クビになった。代わりに、永沢さんの事務所のモリさんという構成作家がクイズ担当で入ることになった。シロクマのように体が大きい人だった。永沢さんは麹町テレビのそばの喫茶店にボクを呼び出した。さすがに苦い顔だった。

「あのな、自分というものを一度捨てなきゃいけないときがあるんだぞ。もともと、大した自分じゃないんだし」

　ボクは、「すいませんでした」と頭を下げた。

「この業界にはこの業界なりの泳ぎ方ってものがあるんだから、それに合わせていかないと溺れちゃうんだよ。一回、自分を捨てな。身を粉にして、何千万人ものお茶の間のみなさんのために働くんだよ」

　何千万人もの……は、永沢さんの好きなフレーズだった。この言葉を口にするとき、永沢さんは決まって目を潤ませた。

「一日働いてさ、疲れて帰ってきたお父さんがビールを飲みながら番組を見る。そこで高尚なことをやられちゃ困るんだよ。大学の頃はこんな芸術を目指していたとか、そういうの、いっさい邪魔なんだ。自分を捨てな。まあ、ディレクターと合わないっていうのもあるし。もう一回チャンスをやる。頑張ってみなよ」

　そして新たに送りこんでくれたのが、テレビ赤坂のクイズバラエティだった。またクイズなのかと、ボクは正直、胃がひっくり返るような思いだった。そしてやはり、向いていなかった。絶不調は続いた。なんといっても五十問作って一問しか採用されないのだ。

　いや、本当のことを言うと、それだけが問題なのではなかった。ボクは自分の立場についても悩んでいたのだと思う。同い年くらいのテレビ局の正社員が、見下したような命令口調で接してくる。出入り業者なのだから仕方がないけれど、就職試験での差別さえなければ今頃はという思いがいつもこみ上げた。ボクは世間を妬みだしていた。すこし憎んでもいた。

もうひとつ、師匠である永沢さんとの人間関係にも戸惑いを覚えていた。つまり、ボクはなにひとつうまくいっていなかった。そのボクにとって、花梨花で過ごす時間は特別な意味を持ち始めていた。

三

何度か通ううちに、夢ちゃんはすこしずつ微笑んでくれるようになった。入口のガラス戸を開けてその一瞬の表情に触れると、自分の部屋に戻るよりも気持ちが和らいだ。

ボクに付きまとうようになったネガティブな感情は、社会と自分との間にあいた大きな穴に橋を渡すことができないところから来ていたのだと思う。部屋にあいた穴にはおじさんたちが板を渡してくれたが、この穴には自分で橋を架けなければならなかった。

でも、それができないまま日々は過ぎていった。不器用な自分ばかりが、テレビ局やラジオ局のお荷物として、永沢さんの事務所の粗大ゴミとして、そして自身の溜め息の源としてそこに在り続けたのだった。

人の流れに対し、自分だけ別の場所にいるような疎外感がいつもあった。違う色彩の世界を見ているのだから仕方がないという思いもあった。

花梨花で飲んでいるときは、渇きと傷みが混じり合ったようなそのひりひりとした気分から解放された。夢ちゃんを始め、客の大半が自分と同じように世間とのズレを感じさせる人たちだったからかもしれない。

花梨花は午後五時に開店し、客がいる限りは明け方まで営業していた。夢ちゃんはだいたい午後十時までのシフトで、それ以降はオーナーであるイサオさんの出番だった。

アルコールが手放せないイサオさんは、五十歳手前にして、すでに手が震えていた。でも、言うことがいちいち個性的で、この人の話には味わいがあった。

曰く、「豚もおだてりゃ木に登るんだ。山ちゃん、自分で自分をおだてなけりゃだめだよ。おだてる材料がないときはどんなちっぽけなことでもいいから探すんだ。それでもって次に大事なのは、登った木からは降りなきゃいけないってことだ。降りることを拒んでしがみつくのが一番よくない。降りられない奴ってのはみじめなもんだよ。木の上で首を吊ってオシマイってパターンが多いんだ」とろれつの回らない口調で力説する人だった。

ただ、ボクはやはりイサオさんよりも夢ちゃんと言葉を交わしたかったので、眠かろうが、疲れていようが、時間ができたときは店に向かうようにしていた。旧式のエアコンがぶるぶる唸るようになった頃には、常連客に交じって「猫じゃん」に参加するようになっていた。

遊びだとはいえ、「猫じゃん」はやはり賭け事だった。お酒を飲んでいることもあり、それぞれの性格が丸出しになった。まさに花梨花には、人間図鑑を見るがごとく多彩な客たちが集まった。

「猫じゃん」のデビュー戦は、ヒヨドリの巣が付き合ってくれた。冷蔵庫に貼られた猫の家族図を覗きこみながら、ボクは茶トラの豆太郎の名を挙げた。それまで何度も窓の向こうに現れた猫だったので、確率が高いと踏んだのだ。ヒヨドリの巣は黒猫のバチを予想した。金色の大きな目をしたこの猫も時折ブロック塀の上からこちらを見ていた。

豆太郎はすこし小柄で、ニャーと啼《な》くと、舌が斜めに出てくる茶トラだった。夢ちゃんが言うには、警戒心の薄い男の子で、なにかをねだるようにすぐ膝の上に乗ってくるらしい。

夢ちゃんは、猫たちの性格についてもなるほどよく知っていた。ただ、猫たちといったいどこで出会っているのか？　なぜそんなにもこのあたりの猫に詳しいのか？　そうした問いかけにはいっさい答えてくれなかった。返ってきたとしても、「猫、好きなので」のひとことだけだった。それですぐに焼き台の前に戻ってしまう。

さて、その記念すべき「猫じゃん」デビュー戦、窓に現れたのは茶トラの花代だった。顔を見た瞬間、もしや当たったのではと小さなガッツポーズを繰り出しそうになったが、明らかに豆太郎ではないふくよかな体つきだった。

「なあ、難しいだろう。当たるわけねえんだよ」

ヒヨドリの巣は、「おーい、山ちゃんが場代払うってさ」と焼き台の前の夢ちゃんに声をかけた。夢ちゃんがボクらに近付いてくるまで、茶トラの花代はブロック塀の上から店を覗き続けていた。そして夢ちゃんを見つけると、窓越しにもわかる声でニニャーッと啼いてみせた。

「可愛い声なのに、すごいんですよ、花代の猫パンチ。欲しい食べ物があると、早く渡せって」

夢ちゃんは花代に引っかかれたことがあるのだという。やはり、どこかで猫たちと会っているのだ。でも、ボクはそれを聞こうとしなかった。すくなくとも店のなかでは答えてくれないと知っていたし、聞くときがあるとすれば、それはボクと夢ちゃんにとってなにか特別な意味を持つタイミングだろうと思ったからだ。

ヒヨドリの巣は気分にむらのあるおじさんだった。「猫じゃん」に興じてご機嫌なときもあれば、押し黙って一人で飲んでいるときもあった。そんなときは話しかけてもあまり言葉は返ってこなかった。サングラスをかけたままで、朽ち木のように半分崩れて飲んでいる。彼はまた、聞こえよがしにお金の話をするような、人相のわるい男たちを連れてくることもあった。夢ちゃんが言うには、その男たちは「血も涙もない地上げ屋」なのだそうだ。つまりヒヨドリの巣は、そうした連中となんらかの関わりを持つ仕事をしているようだった。

一方、下駄ロックには気難しいところがなく、だれとでも言葉を交わした。ただ、その気遣いは人との距離になって表れるようで、たとえばヒヨドリの巣が怪しい連中とつるんでいるときは絶対そばに近寄らなかったし、ボクに対しても、「なにをやっている人なの？」といったストレートな問いかけはしてこなかった。

花梨花の窮屈なトイレには、バンドや劇団のフライヤーが所狭しと貼られていた。そのなかに、下駄ロックがベーシストを務める『ザ・マタタビーズ』のチラシもあった。同じような髪型をした男たちと楽器を携えて彼は写真に収まっていた。他のメンバーがこちらを睨みつけるような表情で立っているのとは対照的に、下駄ロックだけが歯を見せて笑っていた。やはり彼だけが気を遣っているとわかる写真だった。

でも、人間というものは、いかに優しげに振る舞おうと、背中には本音が出る生き物なのかもしれない。きっと彼にも、気遣いから疲れてしまうときがあるのだ。顔はにこやかなのに背中が拒んでいる。そんなオーラを発しながら飲んでいるときもあった。

下駄ロックは、得体の知れない煙草状のものをよく吸っていた。といっても、マリファナやコカインではない。彼は紙巻き煙草の道具を持っていて、とりあえずどんなものでも巻いて吸ってみるのだ。路上で拾ったシケモクのブレンド、紅茶や緑茶、バナナの皮の内側の白い筋、ピーナッツの殻、ヌードグラビア。こういうものを燃やしては吸い、激しく咳きこんだりしていた。

ちなみに、『ザ・マタタビーズ』のライブを観たことがある夢ちゃんは彼を評してこんなふうに言ったことがある。

「変なものばっかり吸ってるから、途中で息切れして、酸欠のグッピーみたいになっちゃうんですよ」


女装のお父さんのことを、夢ちゃんや常連客は「ザクロさん」と呼んでいた。ガラス戸を開けて入ってきたザクロさんを初めて見たとき、ボクはこのお父さんがそう呼ばれる理由がなんとなくわかるような気がした。

六十歳間近という噂だったけれど、おかっぱの金髪のかつらをかぶり、お面のようにそのままはずせそうな分厚いメイクを施していた。ジャケットとミニスカートはそろいの赤いスパンコールで、すね毛を剃った足は網タイツに包まれ、深紅のピンヒールが支えていた。常連客にからかわれると、風が起きそうな巨大な付けまつ毛をバタバタ躍らせ、「いやーん」と腰を振ってみせた。スパンコールが妖しく光った。

「この人はよう、歌舞伎町の『ジェラシーの谷間』って女装クラブの会員なんだよ。そこに衣装を預けておいてな、勤め帰りに寄ってはこういう赤い化け物に変身して、くねくね歩き回ってるんだよう」

ザクロさんのすぐ横で、酔ったヒヨドリの巣がわるびれもせずそう言った夜があった。なにを言われてもザクロさんは「いやーん」を連発していたが、アゼルバイジャンに留学中の息子がいるとばらされた瞬間、「おい！」と低い声になった。

「その話はしないって約束だよな」

巨大な付けまつ毛の下で、ザクロさんの目が男のそれに戻っていた。銀行の融資係が企業の貸借対照表をチェックするような厳しい眼差しだった。

「あっはー、すいません」

ヒヨドリの巣は素直に謝ったが、しばらくの間、ザクロさんは男の視線のまま煙草をくゆらせ、呷るようにホッピーを飲んでいた。

ひょっとすると、ザクロさんとヒヨドリの巣は仕事の上での結びつきがあるのかもしれないとそのときボクは思った。

ザクロさんはたいてい光り物の衣装を身につけていて、夢ちゃんから焼き鳥の皿を受け取るときも必要以上に腰を振った。しかしその努力の成果は、女装の男性という座標軸に沿うものでしかなく、女性そのものの雰囲気とはまるで違うなにかなのだった。たとえば、猫じゃんをやりませんかと誘いかけると、「いやーん、やりたかったのよ」とザクロさんは必ずしなを作ってみせた。ところが当たったためしがないので、窓に現れる猫に対してはいつも野太い声で「ニャロメ、こんちくしょう!」と叫ぶのだった。

世の中は広い。このザクロさんに熱を上げている男がいた。大手製薬会社の課長さんという触れこみだったが、名刺をだれにも渡さないので、本当かどうかはわからなかった。四十代前半くらいに見える彼は、不屈の闘志を持つという意味で、「ガッツさん」と呼ばれていた。

ガッツさんはあまりお酒が強くないようだった。酎ハイのジョッキをお代わりすると、それだけで前後にふらついていた。それでも礼儀正しく、背筋を伸ばして焼き鳥を食べる人だった。

だが、ガッツさんは、ザクロさんが店に入ってきたときだけは態度を変えた。ザクロさんに潤んだ眼差しを向けていたかと思うと、急にふにゃっと体が崩れる。「いいですね。奇麗ですね」と早口で何度もつぶやく。隙があれば隣に座ろうとするので、ザクロさんはガッツさんを避けているようだった。

それでも巡り合わせで、たまにはガッツさんが横に座ってしまうこともある。ボクも一度、そんな夜に同席したことがあった。

ザクロさんは反対を向いてジョッキを呷っていたが、ガッツさんは上気した顔で、ザクロさんになにか話しかけていた。

「てめえ、いい加減にしろ、こらっ！」

いきなりの怒鳴り声はザクロさんだった。なにが起きたのかボクにはわからなかった。ただ、ガッツさんの胸ぐらをザクロさんがつかんでいた。完全に男の太い声だった。

「勘違いすんなよ。俺は趣味で女装してるだけなんだよ！」

ザクロさんの腕っぷしは強かった。ガッツさんは引きずられ、首のあたりをイチジクの実のように絞められていた。まあまあまあ、と客みんなで取りなしたから良かったようなものの、ガッツさんはザクロさんに殴られる寸前だったと思う。

ザクロさんは、ボクたちや夢ちゃんに対しても怒っていた。

「なんで助けてくれないんだよ！　俺が危ないってときによ！」

そう言われてもなあとボクたちは顔を見合わせた。ガッツさんは「すいません。すいません」とべそをかきながら店を出ていった。

しかしその数日後、ガッツさんは背筋を伸ばして再び現れ、明るい顔でまた焼き鳥を頬張っているのだった。そしてザクロさんが来るとふにゃっとなる。たしかにガッツさんは不屈の人なのだった。

もちろん、見てすぐわかる個性的な客ばかりが花梨花に集まるわけではなかった。たいていの客はごく普通の恰好をしていたし、かなり自由な生き方をしていたとしても、見た目にそのままの内実が現れるわけではない。人はやはり、話をしてみて初めてわかるのだ。

たとえばそれは、歌舞伎町のSMクラブの女王様ナターシャさんだった。三十代半ばでスタイルの良い女性だったが、いつもシックな服を着ていて話す内容も理知的だった。ナターシャさんの客であり、恋人の一人だと噂される薄毛のタマゴ先生もネクタイをしていて穏やかに笑う人だった。それもそのはず、タマゴ先生はある有名進学高校の生物の教師だった。

このカップルは、お酒を飲みながら哲学的な話をしていることが多かった。たとえば「心とはなにか?」というテーマで言葉を交わし合う二人なのだ。

生物学的には、生き物が記憶を持ち始めたときが心の起源なのです、とタマゴ先生が言えば、記憶以前の本能はどこから始まったのか、あるいは本能も記憶の一部に含まれるのか、とナターシャさんが問う。知らない人が見れば、なんと知的な二人だろう、学者のご夫婦なのだろうか、と思うかもしれない。

だけどきっと本当は、裸のタマゴ先生に熱い蝋燭《ろうそく》を垂らし、「ホホホ、ご褒美よ」とうそぶくのがナターシャさんのもうひとつの姿なのだ。どう考えてもそのナターシャさんを想像できないのだが、ご本人がそうだとおっしゃるのだから、深夜別の場所では「ホホホ」の人になるのだろう。女性の客がすくないせいか、夢ちゃんはナターシャさんに対し、どこか気を許しているようなところがあった。

ボクと同じく夢ちゃんもこの二人の話にはよく耳を傾けていた。ふーん、とうなずきながら、「今度、女王様の恰好で来て下さいよ。焼き鳥サービスしますから」とナターシャさんに半ば本気でささやくのだった。

他にもさまざまな客がいた。

やたら肉体派のハガネさんという男性は、四十代後半でありながら、大瓶二十本が入ったビールケースを三つ重ねて持てるのが自慢だった。

若い頃は肉体にさほどの自信がなかったのだという。しかし、ある罪によって投獄されてから意識が変わったのだそうだ。

「だってさ、刑務所のなか、暇な時間がけっこうあるんだよ。仕方ないから筋トレ始めたの。腕立て伏せ、毎日五百回やったらどんな体になるんだろうと思って」

その修練が、「俺の体って鋼みたいだろう」という肉体を作りあげた。そしてその変身が、「なんか純粋にさ、体を使って働いてみたくなったんだよ」と、スポーツジムのトレーナーという出所後の別の人生に導いたのだ。

でも、下駄ロックが言うには、「今日持ち合わせがなくて」とハガネさんは時々支払いをせずに帰ってしまうらしい。もちろんツケの月末払いとなるのだが、その金を複数の客から借りようとしたこともあったそうだ。

「おいらが思うにさ。ハガネさん、捕まったのは寸借詐欺だったかもね」

下駄ロックはそう推理したが、ハガネさんも人を見るのか、ボクにお金を貸して欲しいと言ってきたことは一度もなかった。

酔うと演説を打つ癖がある中堅劇団の演出家もいた。彼が頻繁に口にする台詞はこうだった。

「今の若い奴らは時代を作れない」

なんでだよ？　と他の客がクレームを付けると、待ってましたとばかり演出家は立ち上がった。そしてホッピーのジョッキを片手に持論を打つ。

「時代を動かすのは、単純に物理なんだよ。その世代の人数が多いかどうかだ。団塊の世代が世の中を動かしているのは、彼らの数が突出しているからだ。となると、次に時代を作るのは、団塊の世代の子供たちということになる。やはり人数が多いだろうからな。君たち、たとえば山ちゃんなんかはその狭間の世代だ。なにをどうしたところで、物理として負けている。だから時代は作れない」

たいていの客は顔をしかめるだけで相手にしなかったし、ボクも腹を立てたりはしなかった。なるほどなと思えた部分もあったからだ。でも、虫の居所のわるい客はいるもので、ときには「うるせえ、黙ってろ！」と罵声が飛んだ。すると酒癖のわるい演出家は、「お前こそ黙れ。この無学の徒が！」と言い返す。

そんなときに、ぴーっと笛を吹くのが街頭芸術家のラーさんだった。五十歳くらいで、わかりやすく言うと、チンドン屋さんだ。

ラーさんは仕事帰りにカラフルな衣装のままやってくる。言葉数がすくなく、ほとんど話さない人だったが、黒い鞄のなかにはトランペットや笛などの鳴り物が入っていて、なにかの折にそれを吹いてくれた。

ひいきの野球チームが勝ったとき、だれかの放った冗談でみんなが笑ったとき、単に機嫌がよいとき、たいていは笛が鳴る。喧嘩になりそうな雰囲気を和らげにかかるとき、ひいきの野球チームが負けたとき、だれかがめそめそ泣いているとき、こうした場合も笛が鳴った。トランペットを取り出すのは、居合わせた客が誕生日だと知れたとき、あるいは、だれかが「猫じゃん」を当てたときだった。狭い店に、パンパカパーンと金管楽器の音が炸裂するのだ。

夢ちゃんはラーさんが現れると、下を向いて微笑んだ。ラーさんも夢ちゃんを見て、鼻にしわを寄せたような笑い方をした。ボクはそんな二人を見て、心の底のあたりにぽっと灯がともったような気分になった。そして同時に、ざわつきもした。

ほとんど当たらない「猫じゃん」で、客の多くは夢ちゃんに場代を払った。ただ、二回三回続けてはずれたからといって、その回数分を払おうという客はいなかった。つまりはエントリー料みたいなものなのだ。競馬でいうなら出走表にも似た猫の家族図を描いた夢ちゃんに対し、敬意を表してなにか一杯飲んでもらう、あるいは食べてもらうというのが暗黙のやり方になっていた。だから、夢ちゃんが帰ってしまう午後十時以降、オーナーのイサオさんが厨房に入ると、「猫じゃん」をやる客はぐっと減ったし、場代としての「一杯飲んでよ」という声もあがらなかった。

夢ちゃんは場代として、レモンサワーを二杯ほど、あとは焼きピーマンや焼きおにぎりなどを選んでいた。開店前の仕込みに始まり午後十時まで働きづめなのだから、賄いとしてなにを食べてもよさそうなものだったが、夢ちゃんが飲み物や食べ物を口にするのは、客から「なんでもどうぞ」と、場代の申し出があったときに限られていたように思う。

厨房で働く夢ちゃんはおしなべて無表情だった。仄《ほの》かな笑顔を見せるのは、ラーさんが笛を吹きながら入ってきたり、ザクロさんが腰を振ったり、ガラス戸を開けたボクと目が合ったときなど、数えるばかりだった。

でも、「なんでもどうぞ」のときだけは違った。仄かではなく、いつもはっきりとした笑顔になった。そんなときの夢ちゃんの目はひょっとすると、塀の上から店のなかを覗く豆太郎や花代よりも輝いていたかもしれない。

ただ、お客のおごりでなにかを食べるときの夢ちゃんがどんな表情をしているのか、実はボクは見たことがなかった。食べ物を前にすると、夢ちゃんは背中を向けてしまうからだ。皿に顔を近付け、腕で隠すようにして食べる。その雰囲気がどうも普通ではない。まるでだれかに奪われるのを恐れているかのようだった。見てはいけないものを見てしまったという気分になる。だからボクは目をそらした。視界に入れないようにした。

これは、ボクだけではなかった。下駄ロックやザクロさんでさえ、夢ちゃんが背中を向けている間は話しかけなかったし、厨房から目を離しているように見えた。だれもなにも言いはしなかったが、ある種の気遣いが共通してあったように思う。

はっきりと言ってしまえば、世間からズレてしまった客を相手に毎晩奮闘している夢ちゃんこそが、もっともズレているように感じられることがしばしばあった。

普通なら笑うところで笑わなかったり、あり得ないところで反応して大きな声を出したり、むすっと黙りこんでしまったりと、なにを考えているのかわからないところが彼女にはあった。食べているものを隠そうとするのも、猫たちについてなにも語ってくれないのも、考えてみればずいぶんと変だった。だけどボクは、夢ちゃんのこうしたところに驚きこそすれ、嫌悪を覚えたことはなかった。むしろ自分のなかに芽生え始めた感情は逆だったからこそ、困り始めていたのだ。

四

師匠の永沢さんは、それ相応の収入を毎月振りこんでくれた。すこし貯金もできるようになり、電話や電気やガスは定期的に止まるものではなくなった。飲んだ翌日も、財布のなかを見て溜め息をつくことはなくなった。

でもそれは、永沢組の一員としてしかボクが生きていけないことを意味していた。放送作家界のスターである永沢さんを支えるために、ボクやモリさんやその他のスタッフがかけずり回るのだ。そしてそれは番組のみに限らず、生活のすべてに及んでいた。

よく、永沢さんの奥さんから電話をもらった。「今夜またそちらにお世話になるんですってね」と奥さんはどきっとすることを言う。ボクは瞬時に状況を判断し、「そうなんです。今日はうちで飲みながらの会議になりそうです」と毎度言い繕った。

永沢さんがどこでなにをしているのか。タレントも含め、何人かの女性の顔がちらついたが、その具体的な行動まではボクにはわからなかった。ただ、奥さんがボクに電話をかけてくる以上、永沢さんはボクを「信頼して」利用しているに違いなかった。だったら、弟子としては演技に努めなければならない。一度だけ、「主人を電話口に出してもらえますか」と言われたときは脇に汗をかいたが、「ちょっと寝ちゃっているんですよ。今起こすとボクが小突かれますから」とむちゃくちゃなことを言って切り抜けたことがあった。

実際、永沢さんはある感情に達すると、なにかの癖のようにその「小突く」という行為をやりだすことがあった。愛情がこもっていると思える一発もあったし、軽い冗談のつもりであろう一発もあった。だが、目に見えないダムが決壊したかのようにに永沢さんの病的な執着心があふれだしたときは、気をつけなければいけなかった。

永沢さんが初めて花梨花を訪れた夜も、彼はボクを叩いた。十一月の終わり、冷たい風が吹き始めた頃だった。

その日、ボクは初めて永沢さんに猫の家族図の存在を教えたのだった。いつも通り窓の外に何匹かの猫が現れ、そのたびに永沢さんが歓声をあげたからだ。

「俺、猫好きなんだよ！」

そこでボクは「猫じゃん」を勧めてみた。この日はヒヨドリの巣も下駄ロックもいなかったし、ザクロさんやナターシャさんもいなかった。常連客からすればまだまだ新参者に過ぎないのに、ボクはまるで以前から場を仕切っているかのような顔で、このシンプルなギャンブルのやり方を永沢さんに説明したのだ。次いで、猫の家族図と、それを描いた本人が焼き台の前にいることを伝えると、永沢さんは案の定こう叫んだ。

「俺、感動してんだけど！」

その言葉はたぶん本当だった。永沢さんはわざわざ立ち上がり、「君はすげえなあ。天才だろう！」と拍手をしてみせた。夢ちゃんもまんざらいやではなかった様子で、「そんな大したもんじゃないです」と、珍しく笑顔を返してくれた。

ボクは夢ちゃんにお願いし、猫の家族図を冷蔵庫から剥がして目の前に持ってきてもらった。永沢さんに見せたかったということもあるのだけれど、本音を言うと、なによりもまず自分が近くでそれを見たかったのだ。

鉛筆で描かれた十七匹の猫。ボクはすでにそのなかの十一匹を目撃していた。漫画のように描かれた猫たちではあっても、ボクのなかではすでに実物が背後に控える命あるキャラクターたちなのだった。

ボクと永沢さんは、この日の飲み代を賭けて「猫じゃん」を決行した。永沢さんはハチワレのトトを予想した。この日はまだ塀の上に白黒のハチワレ猫が登場していなかったからだ。ボクはなんとなくサバトラのムクを選んだ。だが、それから十分もしないうちに現れたのは黒猫だった。黒猫は黄金色の大きな目でカウンター席に並んだボクらを覗いていった。家族図を見ると、おそらくそれはバチだったのだと思う。「金色の目、老けた」と書いてあったからだ。その猫は毛の剥げた部分があり、たしかにすこし老いた感じがした。永沢さんははずしたにもかかわらず、笑いながらカウンターに突っ伏した。

この日はあと二回「猫じゃん」をやった。二人ともまったく当てることができなかった。予想を裏切る猫が現れるたびに二人で腰を浮かせ、意味不明の言葉を叫び、夢ちゃんに場代としてレモンサワーをプレゼントした。

永沢さんはかなり高揚していた。猫の家族図と夢ちゃんを交互に見ながら、「使える、使える」とボクに繰り返した。

「こりゃ、バラエティだな。番組のコーナー案ひとつもらったようなもんだ。連れてきてくれてありがとうな」

握手を求めてきた永沢さんに、ボクは遅れて手を差し出した。でも、永沢さんが言いだしたことに対し、ボクは受け止めることも、添うこともできそうになかった。

「あの……あの……」とボクは口ごもった。

「なんだよ?」

「あの……ちょっとそれは……」

そのとき、ボクに迷いがなかったわけではない。「そうですか。喜んでもらえて良かったです」と丁稚役に徹すれば、すくなくともこの夜は丸く収まるとわかっていた。でも、ボクも酔っていた。本音を抑えられなくなっていた。花梨花の客だけがやってきた「猫じゃん」や、夢ちゃんお手製の家族図を、そんなふうな軽い気持ちで盗んで欲しくない。その思いがボクにはあった。

「なんだよ。ちょっとそれはって?」

やはり永沢さんは唇を曲げた。顔に笑みは残っていたが、その皮膚の下に激しいものが起き上がったのをボクは見逃さなかった。だからまず、「すいません」と出てしまった。同時に頭も下げていた。

「なに、すいませんって?」

「いや、あの……」

「文句があるならちゃんと言え」

我が師匠は笑みをたたえたままだった。だからよけいにボクは怖じ気づいた。

「ほら、言ってみろよ。こんなにおもしろいアイデアないだろう。番組の一コーナーにすりゃあ、数字とれるぞ」

「そうだと思うんですが」

「なに?」

師匠の目の奥にスパークするものがあった。

「あの、ボクにも思うところがありまして」

「ほう?」

「夢ちゃんの猫の家族図も、ここでみんながやっている遊びも、この人たちのオリジナルだと思うんです。特にこの家族図は……。だから、大事にしてあげたいなって」

「わかってないなあ。こっちだって大事にしようと思うから、わざわざ番組で取り上げるんじゃないか。日本中のお茶の間で喜んでもらえばいいだろう。そこの夢ちゃんに解説者で出てもらえばいい。この店だって宣伝になるだろう」

「はい」

ボクはまた頭を下げた。夢ちゃんがこっちをじっと見ていることに気がついた。そのせいだろうか、ボクは普段なら言わないであろうことを口にしていた。

「すいません。でも、それなら……」

「それならなんだよ?」

「あの……だったら、ボクにやらせてもらえませんか。ボクが気持ちをこめて作る番組でやらせてもらえませんか」

永沢さんは、ワハハと大声で笑いだした。同時に涙を指先でぬぐっている。まずい兆候だった。

「お前が番組を作るって？　クイズもろくに作れないお前が？　だれの前でものを言ってるんだ？」

後頭部をそこで軽く叩かれた。

「俺はな、高校中退だよ。大学に行くとか、俺にはそんな環境がなかった。だから、制作会社のアルバイトからこの業界に身を投じたんだ。それからどれだけの苦労をしたと思ってるんだ。なんだよ、お前。大学を出ながらまともなクイズひとつ作れない。俺がチャンスを与えても気付かない。そのお前が、気持ちをこめて作るだと？」

手が続けざまに飛んできた。強くではなかったが、頭を三発叩かれた。ボクはいっさい抵抗せず、ただ下を向いていた。

「やめて下さい！」

悲鳴をあげたのは夢ちゃんだった。焼き台の前から走ってきた。

「暴力はやめて下さい」

夢ちゃんはトングを持ったまま永沢さんを睨みつけ、次いでボクの顔を見た。いつもの夢ちゃんとは違い、左目だけではなく、右目でもボクを捉えていた。両の目ともまぶたがひくついていた。

「いいんだよ。ボクのことは」

いなすようにボクが両手を挙げると、永沢さんが鼻をすりながら立ち上がった。

財布から一万円札を二枚取り出し、カウンターの上に放り投げた。

「テレビを観るのだけが楽しみだって人たちもいるんだ。そのこと、考えろよ」

「はい」

永沢さんは強引に外に出ようとして、並んで座っている客たちにぶつかった。「おおい」と方々で声がし、みんな体をひねったり、半分立ち上がったりした。「すいません」とひとことだけ言って、永沢さんは出ていった。

「なに、あれ?」

常連客の一人、水道橋のエロ本出版社の編集者が非難するような目でボクを見た。鼻の下に富士山のようなひげをたくわえた人だ。

「君の先輩かなんかなの?」

「はい。仕事でお世話になっています」

エロ編集者は、「なんか、コンプレックスの強い人だね」と富士山ひげを指二本で撫でた。

「ほんと、すいませんでした」

夢ちゃんはなにも言わずにボクの前に立っていたが、猫の家族図を取り戻すと、冷蔵庫に貼り付けるのではなく、慌ててラックにしまいこんだ。

「ごめんね。すぐ戻ります」

ボクは夢ちゃんに断ると、他の客にも詫びながら外に出た。花園神社の横を抜け、靖国通りの方に向かう永沢さんの後ろ姿が見えた。左右に揺れながら歩いている。

ボクは小走りで追いかけ、叩かれない距離を取って背後から声をかけた。

「永沢さん、ごめんなさい。ちょっとわがままを言ってしまいました」

あ？　と永沢さんは振り向いた。だが、なにも言わず前を歩いていく。そしてゴールデン街の交番の前で左に曲がり、花園神社の境内へと通じる階段を上り始めた。ボクもそのあとに続いた。

「あの、花梨花の猫の遊びなんですけど、なにかを感じるんですよ」

「なにかって、なんだよ？」

後ろを振り向かずに永沢さんは境内へと向かう。

「きっと、なにか理由があるんじゃないかって。ギャンブルは客が勝手にやりだしたことだと思うんですが、あの猫の家族図に関してはなにか……夢ちゃんがあのあたりの猫の絵を描いているのは、きっと理由が」

「どうして？」

「だって、なにも語ってくれないんです。その話になると表情が曇るというか」

ふーん、とうなずきながらそこで初めて永沢さんが足を止めた。こちらを振り向いた。

「だから、バラエティの一コーナーで終わって欲しくないんです。それでついつい……すいませんでした」

「で、お前いつ、自分で番組作れる人間になるんだよ。クイズ四十九問も捨てられておいてさ。お前にも一人分のギャラ払ってるんだぞ」

「はい」

そう言われると下を向くしかなかった。でもどういうわけかボクには、酔ってもぐらつかない言葉がまだ残っていた。

「ただ……」

「ただ、なんだよ？」

「ボクだってそろそろ、永沢さんのように自分の名前で仕事がしたいです。一本丸ごと企画してみたいです。書いてみたいです」

「どんな番組をよ？」

「夢ちゃんの猫の家族図で考えるなら、バラエティじゃないかもしれません。ひょっとしたら脚本じゃないかって。猫の家族図というタイトルのドラマ、どうですか？」

ちっ、と永沢さんが舌打ちをした。境内は暗くてよく見えなかったが、左右に揺れながらボクを睨みつけているようだった。

「お前、バカだな。バラエティの俺と組んでいる以上はバラエティの世界でしか生きられないんだよ。住み分けってもんがあるんだ、テレビの世界には。ドラマ書きたいなら、そっち関係の先生に弟子入りしろよ。止めはしないから」

「そうなんですか。バラエティ書きながら、ドラマも書いちゃいけないんですか？」

「バカヤロウッ！」

永沢さんが右手を振り上げた。ボクは後ろに下がった。

「なにもわかっちゃいないんだな！　情けない！　お前一人番組に潜らせるのに、こっちがどれだけ苦労してると思ってるんだよ！」

永沢さんはそう叫ぶと、ボクに背を向けて歩き始めた。花園神社の参道へと一人で進んでいく。言われていることの意味はわかったし、申し訳ないとも思ったが、ボクは追いかけはしなかった。

花梨花に戻ると、厨房にはオーナーのイサオさんがいた。夢ちゃんはついさっき帰ったという。ボクらのいた席には、永沢さんが放り投げていった一万円札二枚がまだ残っていた。でも、ボクはそれを使わず、自分の財布から支払った。そしてまた慌てて外に飛び出した。

夢ちゃんにもちゃんと謝らなければいけない。永沢さんを止めようとして、精一杯の表情で立っていた夢ちゃん。あんな夢ちゃんを見たのは初めてだった。なんとしても謝らなければ。そしてできることなら、猫の家族図をもとにドラマを作りたいという自分の思いも伝えたい。

だが、夢ちゃんを見つけることはできなかった。新宿の通りはどこもにぎわっていた。ゴールデン街の大半の店も灯りをともし、小さな銀河が赤白青に弾けていた。通路は酔客でごった返している。みんなできあがっている顔だ。

焼き台の前に立っているときの夢ちゃんの表情のなさが、そこで際立つように思い出された。

夢ちゃん、今どこを歩いているのだろう。

会いたいと思った。

でも、ボクは夢ちゃんがどこに住んでいるのかすら知らなかった。夢ちゃんの本名も、年齢も、彼氏がいるかどうかもなにも知らないのだった。猫の家族図を描いた本人だということだけが、ボクは夢ちゃんについて知っているすべてなのだった。

廃墟となったラブホテルの前で、ボクは何度もあたりを見回した。所有している会社が変わったのか、一部が壊されたままずっと放置されている建物だった。一階部分はだれも入れないように鉄柵で囲まれている。その前で立ち止まり、どこか夢ちゃんが出てこないものだろうかと、ボクはあたりに目をやり続けた。

すると、お化け屋敷のような廃墟から、猫の啼き声がした。顔をあげると、二階の壊れた壁の間からハチワレが姿を現した。ニャーと細く啼き、ボクの方を見下ろしている。猫の家族図を記憶していたボクは、彼の名前がすぐにわかった。

「トト！」

もう一度彼は啼いた。たしかに彼はボクを見ている。

「夢ちゃん、どこにいるんだろう？」

トトはしばらくボクを見ていたが、ふん、と鼻を鳴らすかのようにあらぬ方を向くと、廃墟のなかへと戻っていった。

どこかの店から、キャロル・キングの『タペストリー』が漏れて聞こえてきた。

ボクは鉄柵にもたれかかり、行き交う人々をただぼうっと眺めていた。

五

花梨花の焼き台は炭火だった。遠赤外線効果というのだろうか、どんな食材にも火が柔らかく通るようで、焼いたり炙ったりする串ものはどれも素晴らしかった。客の大半は焼き鳥を頼み、ホッピーや酎ハイを飲んだ。ボクもそのパターンが多かったが、加えて時折注文する一皿があった。

焼きピーマンだ。

場代として「なんでもどうぞ」と客から言われたとき、夢ちゃんもよくこれをこしらえて食べている。

そんなもの、おいしいの？　という声が聞こえてきそうだけれど、これが実においしかった。おいしいという言葉だけで済ませてしまっては、全世界のピーマンに謝らなければいけないほどおいしかった。

だいたいどこの飲食店でも、ピーマンはへたを取り、なかの種や胎座を捨ててしまうものだ。使うのは果実の緑色の皮だけで、しかもたいてい四角にカットされている。焼き具合がよくても、ボクはそのお行儀のいいピーマンをうまいと思ったことは一度もない。

夢ちゃんは焼く前のピーマンを掌にのせて、「緑の小部屋」と呼んだことがあった。うまいことを言う、とボクが受け止めると、「聞こえない言葉が詰まっていると思いませんか」と、そのピーマンをボクの前に差し出した。

「緑の小部屋ねえ」

「ピーマンだって夢を見ると思います。だれも知らない部屋で」

だから、花梨花のピーマンは包丁を入れない。いっさい切らず、そのまま焼き台の網の上で転がす。ピーマンは熱のなかで薄皮を脱ぎ捨て、裸ん坊の緑となる。果汁は内側から果肉を蒸《む》す。あちこちに焦げ色がつくまでそのまま転がし続ける。すると果実はしなしなと柔らかくなり、食べごろとなる。さあ、丸のまま齧りついて下さいと、ピーマンの方から申し出てくれる。


その日、ボクはその焼きピーマンを夢ちゃんにお願いし、カウンター席の端でホッピーを飲んでいた。

永沢さんに小突かれ、夢ちゃんが立ちはだかってくれたあの日から二週間以上が過ぎていた。本当はすぐにでも来て夢ちゃんに詫びたかったのだが、年末年始のスペシャル番組の準備のために多忙が続き、間があいてしまった。

久々にガラス戸を開けると、夢ちゃんはいつもと変わらない微笑みをくれた。本当は焼き台の前の席に座りたかったのだが、すでにそこにはナターシャさんと富士山ひげがいて、なにやら盛り上がっていた。

「この間はごめんね」

つきだしの小鉢を持ってきた夢ちゃんに、ボクは新宿駅のフローリストで買った小さなブーケを手渡そうとした。なんという名の花かわからなかったけれど、色とりどりの組み合わせが鮮やかだった。「そんな。なんでこんなことをするんですか」と夢ちゃんは目を丸くし、それからおずおずと手を出して受け取ってくれた。

「こんなに奇麗なの、かえってわるいです」

「いや、お礼も言いたかったから」

富士山ひげが、「なになに？」と囃し立てそうになったが、背後からナターシャさんに突かれ、決まりわるそうに頭をかくのが見えた。

「その後、大丈夫ですか？」

夢ちゃんはブーケを方々から眺めたあと、ボクに視線を戻した。

「まあ、なんとか」

ボクはすこしだけ笑ってみせ、焼きピーマンをオーダーしたのだった。

なんとか、というのは、本当になんとかだった。大丈夫ですか？　と聞かれれば、あまり大丈夫ではないです、というのが正しい答えだった。

ボクの周囲でなにが変わったわけでもなかった。永沢さんはあれから数日して会ったときも、年末年始の番組制作についてきちんと説明してくれたし、仕事を変えられたり、あるいは減らされたりという事態にはなっていなかった。ただ、ボクの内側では問題が起きていた。書きたいのがドラマなら、永沢さんが言う通り構成作家の事務所に居続けてもあまり意味はないとわかってきた。でも、だからといって永沢さんの期待を裏切れるのかというと、それもできそうになかった。つまりボクは宙ぶらりんなのだった。

夢ちゃんは焼き台の網の上でピーマンを転がしていた。自分の身の振り方についてはいくら考えても堂々巡りなので、ボクはそれを考えるのをやめようとした。冷蔵庫には猫の家族図が貼られていた。厨房の窓の外には、今夜も猫を待つブロック塀があった。ブーケは食器棚の端に置かれ、年代物のスピーカーからは、だれかの日本語のブルースが流れていた。

ボクは初めて夢ちゃんの焼きピーマンを食べたときのことを思い出していた。まだ花梨花に来て日が浅い頃だった。「焼き鳥以外にお勧めはありますか？」と聞いたら、夢ちゃんはすかさず、「焼きピーマンですかね」と答えたのだ。

あのとき、湯気を立てているピーマンの皿をボクの前に置いた夢ちゃんは、「最初の一口はお尻の方から食べて下さいね」と言ったのだ。「どうして？」と尋ねると、「だって、すぼまっているから、大きな口を開けなくても」と、わざわざ焼かれたピーマンのお尻を指さした。

ピーマンの丸焼きを食べるのは初めてだった。言われた通り、箸で挟んでお尻の方から齧りついたら一瞬の陶然があった。

「あつっ」

たしかにボクはそう声を漏らしていたと思う。なかで蒸された果汁が弾けたのだ。これがとんでもなく熱かった。でもそこには、ピーマン本来の香りがあった。湯気とともにその芳醇がやってきたのだ。身悶えしながらボクは笑っていた。熱さのなかに仄かな甘さもあった。その連なりが衝撃だった。大量にかけられている花がつおの旨味と相まって、甘さはどんどん口のなかに広がっていった。

うまい。うまいなあ。

ピーマンって、こんなにうまいものだったんだ。

その感慨が素晴らしく気持ちよかったことを覚えている。蒸された分だけ種や胎座も柔らかくなり、口のなかの抵抗感はまったくなかった。歯応えのある頭の部分もよかった。嚙むごとに野性味のある甘みが広がっていった。ピーマンってこういうものだったのかと何度も目を丸くした。

「夢ちゃん。これ、本当においしいね。どこのピーマンなの？」

あのとき、焼き台の前の夢ちゃんに向けてボクは思い切り首を伸ばしたのだった。

「別に……歌舞伎町の普通のピーマンですけど」

今思い出しても恥ずかしい。

「歌舞伎町の普通のピーマン？　へー、栽培している農家があるの？」

夢ちゃんは焼き台を離れ、真顔でボクの方にやってきた。

「歌舞伎町に、畑あると思います？」

「いや」

「えーと、私が言ったのは、歌舞伎町のスーパーの、普通のピーマンという意味です」

「あっ、普通のね。でもうまいね。ピーマンの常識をくつがえすよ」

「ピーマンにとってもよかったです」

ボクは大きく頭を振り、夢ちゃんは一度だけこくりとうなずき、互いを見合った。それが花梨花で初めて焼きピーマンを食べたときの豪華付録のような思い出だった。

「はい。お待ちどおさま」

今夜もまた、夢ちゃんは熱々のピーマンがふたつのった皿を運んできてくれた。たっぷり盛られた仕上げの花がつおが、湯気に煽られて千々に踊っている。ボクはそこに醤油をかけた。花がつおたちを落ち着かせるために大胆にかけてやった。

そしていつも通り、お尻の方から齧りついた。「あつっ」と身悶えしながら、口のなかに広がる仄かな甘みを味わった。

うまい。やっぱりうまい。

しかし、この日は感動だけで終わるわけにはいかなかった。せっかくの焼きピーマンを味わいながらも、ボクのなかにある思いがふくれ上がっていたからだ。酔うほどにその思いは強くなっていった。

ボクはホッピーを何度かお代わりし、夢ちゃんと話ができるチャンスが訪れるのを待った。でも、ナターシャさんと富士山ひげは焼き台の前の席から立ち去ってくれない。

窓には豆太郎が現れた。手を振ると、ネニャーと啼いて、ペコちゃんのように舌を横から突き出した。

ボクは鞄からルーズリーフを取り出し、そこに文字を記しだした。アルコールがかなり入ってからのことだった。

夢ちゃんへ

今夜は豆太郎が挨拶をしに来ました。寒くなったせいか、これまでのように
は猫たちが現れなくなりましたね。みんな、どこでこの夜を堪えているのでし
ょう。

夢ちゃんに会って、ゆっくり話したいことがあります。ボクは夢ちゃんが描
いた「猫の家族図」についてもっと知りたいし、できることなら、そこからド
ラマを書いてみたいと思っているのです。

ボクはあくまでも花梨花の客ですから、一対一で会うと問題になるかもしれ
ません。それならお店のなかででもいいのです。夢ちゃんと話がしたいのです。

わがまま言ってすいません。

それと、繰り返しになりますが、この間はありがとうございました。ボクは
いつもあんな感じで、ときには小突かれながら仕事をしています。自分がいつ
も迷っているから、周囲をいらつかせるのです。なんだかなあという感じの日々
が続いています。そこを突破するためにも、夢ちゃんと猫たちの話が聞きたい

のです。
会いたい。
今夜の焼きピーマンも最高でした。

山崎晴太

これを書いてからも、ボクは自分の次の行動を決められずにいた。渡すべきかどうか。そもそもこの文章でいいのかどうか。ひょっとすると二度と花梨花のガラス戸を開けられなくなるかもしれない。でも、ボクは決断した。名前の横にアパートの住所と電話番号を書き加えた。

「ごちそうさま」

「はい。毎度」

レジスターは焼き台とは反対側、店の奥側のカウンター席の前にあった。ボクが座っている方だ。支払いを終え、夢ちゃんが「お花をありがとうございました」と言ったとき、四つ折りにした紙を手渡した。

夢ちゃんはきっと、「なんですか?」と言おうとしたのだと思う。だけど、「な」

の形で口が開いたまま、空気が抜けたようだった。黙って紙を受け取り、エプロンのポケットにしまいこんだ。

花梨花を出るとき、富士山ひげがボクのお尻のあたりを叩いた。にやにやしながら、「すみにおけねえな」と言った。ナターシャさんがまた富士山ひげの腕を叩いた。ボクは二人に会釈し、夢ちゃんの方は見ないで店を出た。

その夜。

酔っているのに、ボクは眠れずにいた。

夢ちゃん、あれを読んでくれただろうか。嫌われていなければいいのだけれど。

二日後の制作会議のことも頭をよぎっていた。提出すべきクイズ五十問はまだまったくできていなかった。情報番組のアイデア出しも迫っていた。いったいどうしたらいいのか……。

だから、電話のベルが鳴ったとき、相手は永沢さんではないかと思ったのだ。永沢さんからすれば、ボクが寝ているかどうかなんていっさい関係がないことだった。仕事をあぁしろこうしろと、真夜中にかけてくることも珍しくなかった。だが、布団から手を伸ばして受話器をとると、聞こえてきたのはわずかに舌足らずな声だった。

「遅くにごめんなさい」

「ああ……」

「夢です」

布団から起き上がり、暗い部屋のなかでボクはなぜか正座をした。

「あの、ごめんなさい。さっきは」

「いえ」

沈黙が恐かった。部屋の暗さが重みを持ったように感じられ、受話器を握る手に力が入った。

「今度の日曜日で良ければ……」

夢ちゃんからの言葉だった。

「日曜日？」

事務所の会議がある日だとすぐにわかった。永沢さんの顔が浮かんだ。

「お店休みなので、日曜日でよければ」

「日曜日……ボクも大丈夫です」

言ってしまった。どうするんだ、会議。その煩悶は当然あった。だけどボクは自分の決断のままに行動しようと思った。日曜日はあいている。なにがあっても、絶対に、確実に、革命的にあいている。

「本当に？　忙しいですよね」

「いや、大丈夫」

力んだボクの声にかぶせるように、夢ちゃんは息を吐く軽さで、ふふっと笑った。

「山ちゃん、来週は、クリスマスですね」

「あ、そうだね……」

たしかにそういう季節だった。仕事に追い回されていたし、自分にはそうした世の祝祭はもともと関係ないと思っていたので、クリスマスなど頭からはずれていた。

「私、お願いしていいですか？」

「え？」

たぶんボクは、つばも息もいっしょに飲みこんでいたと思う。

「クリスマスなので」

うん、と声にならない声をボクは返した。

「言ってもいいですか？」

「あ、もちろん。あの、ボクもね。さっきまでクリスマスのことを忘れていたので、だから……」

夢ちゃんはそこですこし間をとった。言葉を選ぼうとしているような気配が伝わってきた。

「あの……お花を、ありがとうございました。私、うれしかったです」

「とんでもない。ボクが迷惑をかけてしまったから」

「いいえ。それで、お花もいいんですけど、私、プレゼントが欲しいんです」

「あ、はい」

「言ってもいいですか？」

なにを言いだすのだろう。受けて立つという気持ちと、ちょっとした恐れのようなものがボクのなかで入り交じった。

「なんでも、どうぞ」

「私……キャットフードが欲しいんです」

「キャットフード？」

「はい。できれば、缶詰のやつも含めて」

「あ、缶詰のやつね」

「それで、できれば……」

「うん」

「たくさん欲しいんです」

「たくさん？」

「はい。たくさんのキャットフード、私に下さい」

戸惑いがなかったわけではないが、ボクはわりとすぐに、「わかった」と答えていた。夢ちゃんは嬉々とした声になり、どこか外国の料理も食べてみたいと言いだした。歌舞伎町のトルコレストランが頭に浮かんだ。その店のことを言うと、「私、トルコに行ってみたかったんです。トルコ料理も食べてみたかったんです」と跳ねるような声になった。花梨花ではあまり見せたことがない、夢ちゃんの生の感情に触れたような気がした。待ち合わせは午後六時、東口のアルタ前だ。

「山ちゃん、ありがとう。おやすみなさい」

「こちらこそ、ありがとう。おやすみ」

電話を切ったあと、ボクは布団の上で大の字になった。初めて「猫じゃん」を見たときと同じだった。体温の玉のようなものがいくつも湧き上がってきた。激しく笑いたい気分だった。でも、そうはならなかった。なんだか力が抜けてしまったのだ。一人きりの部屋で、ボクは暗い天井をずっと眺めていた。

六

新宿駅はひどく混み合っていた。ホームも階段もコンコースも人が帯のように連なり、思うように前に進めない。

クリスマスを控えた日曜日なのだ。こんな日にアルタ前で待ち合わせをするなんてあまりに無策だったと後悔しながら、ボクは果てのない人ごみを抜けようとした。約束の六時に着くためにはすこし走った方がよさそうだったが、駅内の状況に加え、それができない理由がもうひとつあった。

ボクはダウンジャケットの上に、限界までふくらんだリュックサックを背負っていた。しかも片手には重い紙袋があった。双方ともに詰めこんでいたのは、夢ちゃんに頼まれたキャットフードだった。

待ち合わせが重なる時刻なのだろう。東口の広場も大混雑だった。アルタ前も人があふれていて、近付くのは容易ではなさそうだった。

人ごみのなかに夢ちゃんを捜そうとして、際限なくつながる人の頭を見渡した。携帯電話を構える姿がいくつかあった。最近は放送作家もこれを持つ人が増えている。ボクもいつかは手にしなければと思っていた。将来、もしだれでも携帯電話を持てるような時代が来たら、待ち合わせのために人があふれ返るような現象はなくなるかもしれない。

そんな近未来のことを考えつつ、人にぶつかりながらすこし歩いた。すると、広場を抜けたところでいきなり背後から声をかけられた。

「山ちゃん！」

空気の漏れた声だった。振り向くと、夢ちゃんが立っていた。ジーンズに革ジャン姿、片手に布のバッグを提げている。

「私も近付けなくて……どうしたらいいんだろうって……」

一足早くサンタクロースが頭上を駆け抜けていった感じだった。おおおっ！ と声をあげそうになったが、驚いた分だけボクはまた言葉の選択肢を失っていた。

「あ、よかった」

めったにない会い方をしたのに、なんてつまらない第一声だろう。言った瞬間に口のなかが砂っぽくなった。夢ちゃんはわずかな笑みをたたえたまま、ボクを見上げている。それがまた言語中枢をぎこちなくさせた。

「ええと、じゃあ、まず食べに行こうか」

「はい、お腹へりました」

夢ちゃんは素直にうなずいてくれたのに、そのあとが続かない。「いざ、イスタンブールへ」と号令をかけたものの、尻すぼみの独り言のようになってしまった。ボクたちは無言のまま歩きだした。

なにから話したらいいのかわからないほど謎や問題が山積みのときというのは、かえってなにも話せなくなるものだ。歌舞伎町の入口にあるトルコレストランに辿りつくまで、ボクはその逆説的真理を発見したような気分になっていた。でも、そんな論理なんて最初からないのかもしれないとも思った。本当は夢ちゃんと一対一になったことで、緊張していただけなのだ。

トルコレストランに入ると、碧眼《へきがん》のトルコの青年がテーブルまで案内してくれた。すでに店の三分の二くらいが日本人のカップルで埋まっていた。

ボクはトルコという国に行ったことがなかったし、トルコ料理というものもまったく知らなかった。青年が、「それなら基本的なコースで行きましょう」と流暢な日本語で料理の説明をしてくれた。

ひよこ豆のペースト、ほうれん草とヨーグルトのペースト、ナスのペーストにひき肉を混ぜたもの。皿に盛られたこうした料理が前菜だった。薄いパンに挟んで食べるのだが、おもしろい味だった。濃厚なのに軽いのだ。ただ、どれも柔らかいペーストなので、歯応えという点ではちょっと物足りなかった。

「おいしい」

夢ちゃんはイスタンブールのモスクの上に現れた星のごとく目を輝かせた。「全部、初めて」と、ペーストをスプーンですくってそのまま口にする。そのシンプルな行為が見ているボクには新鮮だった。

ただ、花梨花とは違って、この店にはホッピーがなかった。トルコなんだから当たり前かと互いに納得し合ったが、新宿なんだから置いてくれてもいいよね、とも言い合った。

結局、ボクたちは「エフェス」というトルコのビールと、水で割ると白濁する「ラク」というお酒を飲むことになった。ラクはアニスの甘い香りがした。

「私、海外旅行したことないんです。いつか本当にイスタンブールとか、行ってみたいなあ」

夢ちゃんはグラスのラクの香りを嗅ぎながら、左目を中心にボクをじっと見た。

「イスタンブールって、モスクがにょきにょき立っているんですよね」

「ああ、イスラム教だから」

「本当に、行ってみたいなあ。私、トルコに憧れているんです」

「電話でもそう言っていたよね」

「前に一度、すごい素敵な写真を見たことがあるんです。旅行雑誌だったと思うんだけど。雨のなか、トルコのおばあさんがロバに傘をさしてあげてるんですよ。自分はずぶ濡れなのに、ロバの頭の上に傘を。それですごく感動しちゃって、トルコのことをちょっと調べたんです。知ってます？　トルコにはラクダのレスリングもあるんですよ。ラクダ使いはラクダといっしょに暮らすんですって。人間と動物の距離が近いんだなって。そういうところに私も行ってみたいなあって思ったんです」

「へー、それならボクも行ってみたいなあ」

夢ちゃんの目の輝きのなかに、ロバの横に立つおばあさんや、ラクダの首を撫でているラクダ使いが見えるようだった。このきらめく瞳をずっと見ていたいとボクは思った。

「山ちゃんは海外、行ったことあるんですか？」

「うん、そんなに経験はないんだけど」

学生の頃にインドを旅したことがあった。貧乏旅行であり、かなりの大冒険でもあったのだが、夢ちゃんに受けたのは、体調を崩してひどく痩せたという部分だけだった。

「インドダイエットですね」

「海外は生水がこわいんだよ。路上の屋台の生ジュースが原因かなあ。毎日飲んでれば、必ず激しいのが来るから」

本当は猫の話をしたかったのに、なぜかそこに近付けなかった。夢ちゃんもどこか避けているようで、タマゴ先生は実はゆで卵が苦手なのだとか、ザクロさんはやはり大銀行の幹部なのだとか、どうしてもお客の話になりがちだった。

メインの料理は、碧眼青年のお勧めで、イスケンダル・ケバブになった。鉄板で音を立てて焼けている薄切りのラム肉の山に、溶かしバターとヨーグルトをたっぷりとかけたものだ。思いつくものを全部のせましたという感じの料理だったが、意外にも脂っこくなく、これは食が進んだ。

花梨花で働いているときとは違って、夢ちゃんはよく笑った。ただ、やはりいつもの癖が出てしまった。自分の皿にけっこうな量の肉をのせたあと、腕で囲って隠すのだ。見えないようにして食べている。ボクは目のやり場に困り、つい余計なことを口走ってしまった。

「あの青い目のウエイターさんも、世界は同じように見えるのかな?」

「どうしてですか?」

「だって、コンタクトレンズが青かったら、すべて青く見えるよね。目が青い人はどうなんだろう?」

「そんなことを言ったら、世界中の人はみんな、違う色の世界を見ていることになりませんか」

もちろん、夢ちゃんの言う通りだとわかっていた。だけどボクはそこで、自分の目の問題について触れてしまった。

「でもね、夢ちゃん。違う色の世界ってあるんだよ」

「どういうことですか？」

「あの……色弱ってわかる？」

「色がわからない人？」

「違う、違う。色弱というのは、いくつかの色の区別がつきにくいんだよ。ボクがそうなんだ」

「いくつかの色？」

「うん。ボクの場合だと、赤と緑が薄くなってくると判別しにくくなる。自分じゃそう思ったことは一度もないんだけどね、普通の人とは違った色彩の世界を見ているんだって。この目のおかげで就職活動できなかった。なんか、社会からはずされちゃったって感じで」

「へー。色の感覚だけで？　そんなことってあるんですか」

「ボクがずれちゃった人生を歩んでいるのも、たぶんそこに理由があるんだよ」

夢ちゃんはラム肉を食べながら色弱についてのボクの説明を聞いてくれたが、フォークを皿に置くと、また左目でボクをじっと見た。

「トラウマなんですか？」

「うん、たぶん。振り返ると、子供の頃からはずれていたのかも」

「どうして？」

「小学生のときに紫陽花の貼り絵をしたんだけど、クラスで一人だけ先生から誉められなかった。こんな色の紫陽花はないって」

「ふーん。でも、私の目も変ですよ」

「変って？」

わかっているのに、ボクはすっとぼけた。

「わかりませんか」

「うん？」

「私、斜視がきついんです」

「ああ。まあ、ちょっと、そうかな？」

ボクはそこでラクをぐっと呷り、夢ちゃんから敢えて視線をはずした。そしてあらためて向き直った。心のなかのある部分を伝えなければいけないときが来たと思ったからだ。

「子供の頃から、がちゃ目だとか、ロンパリだとか言われて。たいていの親だったら、治してくれたと思うんですけど……そういう家じゃなかったので」

なんだかわからないうなずき方をしたあとで、「でもさ」とボクは切り出していた。

「ちょっと、どこを見ているのかわからない夢ちゃんの顔、ボクは好きだよ」

夢ちゃんは目を瞬かせて笑い、「無理して、そんな……」と、空になったボクのグラスにラクを注いでくれた。

「いや、本当だよ。夢ちゃんの目も含めて、その、なんというか……好きだよ」

微笑みながらだったが、夢ちゃんは首を横に振った。

「山ちゃん、いいですよ。無理して」

「してないよ」

「私、世の中を左目だけで見ているんですって。右目はわずかに補っているだけだって。だから、頭が痛くて、焼き鳥の本数が倍に見えちゃうときもあるんです。そういうときに限って、疲れちゃうお客が来るし」

わがままを言うヒヨドリの巣や、身をよじるガッツさんの顔が浮かんだ。いや、それは先日の永沢さんだろうか。

「夢ちゃんがずっと無表情に見えるときがあるのは、そういうことなのかな？」

「さあ、どうですかね」

「猫が通るたびに大騒ぎする客がいるし」

「ほんと」

「変な客ばかりで、ごめんね」

そこでまた夢ちゃんは笑顔を見せたが、互いにそのあとの言葉は途切れてしまった。流れているトルコの情熱的な歌がテーブルに降りてきた。音符の集団がぎらぎらと光って、ケバブの油の上で踊っているような曲だった。夢ちゃんが下を向いた。黙ってラクを飲む。

「あ、そうだ。キャットフード」

ボクはかさばるばかりのクリスマスプレゼントについてそこで初めて触れた。ペットショップで買えるだけ買ったのだと。

「まさか、あのリュックのなか」

「そうだよ」

「紙袋も？」

「そう」

「ああ……ごめんなさーい」

喜んでくれるかと思っていたのに、夢ちゃんは顔の前で手を合わせ、詫びを入れる姿勢になった。

「だって、キャットフードたくさん欲しいって、夢ちゃんが言ったんだよ」

「でも、まさか」

「もっと大きな鞄があれば、まだ買えたよ」

「お金、使わせちゃいましたね」

「いいんだよ」

好機到来だと思った。ボクはいよいよ猫たちのことについて口を開いた。

「もともとこっちから頼んだことなんだし。猫の家族図のこととか、夢ちゃんと猫たちの関係とかを知りたくて、今日は会ってもらったわけだから」

「はい」

夢ちゃんはそこでもう一口ラクを飲み、静かに息を吐いた。

「話してもいいんですけど……私のことでもあるので」

「あ……うん」

「あの、別の場所で、いいですか。それと、約束してくれますか？」

「なにを？」

「だれにも言わないって」

夢ちゃんの顔から笑みの半分が消えていた。まっすぐに、左目だけでボクを見ていた。

「もちろんだよ」

力強くそう言いたかったのに、ボクの声は掠れてしまった。別の場所って、いったいどこだろうと思ったのだ。歌舞伎町のラブホテル街のネオンが一瞬頭に浮かんだ。レストランのなかには引き続き熱のこもったバラードが流れていた。まったくわからないトルコ語ではあったが、「今夜は寄り添うよ」と歌っているような気がしてならなかった。

七

レストランを出て、ボクと夢ちゃんはまた人ごみのなかを歩きだした。すれ違う人すべてにお酒が入っているようだった。みんな声が大きい。夢ちゃんだけが小声で、「お店のそばなんです」と言った。

花園神社の手前で靖国通りを折れると、通行人が減り、人ごみから解放された。花梨花と同じく、新宿ゴールデン街も日曜日は休む店が多いのだが、クリスマス前とあってさすがににぎわっている。灯りのついた看板は普段と変わらないようだった。

廃墟となったラブホテルの前で夢ちゃんは足を止めた。向かいには、灯りの消えた花梨花がある。

「ここ」

「え？」

夢ちゃんはなにも言わず、ラブホテルの階上を指さした。

「そんな……」

ボクがなにを想像して一瞬の戸惑いを見せたのか、夢ちゃんはすぐにわかったようだった。

「違いますよ。全然、違いますから。そうじゃなくて、猫の話」

「うん。でも、ここ、入れないよね？」

廃墟の一階部分は鉄柵で全面を囲まれているように見える。でも、夢ちゃんは首を横に振った。手招きをしながら、鉄柵に沿う狭い通路を歩きだした。ボクはふくらんだリュックサックを背負い、片手に紙袋を提げたままあとに付いていった。

廃墟の角地まで来ると、直角に折れた柵に沿って、溝のようなさらに狭い通路が続いていた。片側は長く続くブロック塀だ。暗くて先が見えない。

革ジャンのポケットから夢ちゃんがペンシルライトを取り出した。突然の光に驚いたのか、ネズミが一匹ボクらの足下を駆けていった。通路は、人一人がやっと通れるような幅しかない。ブロック壁と鉄柵の双方にリュックサックが触れ、一歩進むたびにガサガサと音を立てた。

やがて、夢ちゃんのライトが放つ丸い光の輪のなかに、柵の切れ目が現れた。廃墟への入口はこんなところにあったのだ。

夢ちゃんが先に敷地内へ入った。ボクは一度リュックサックを背中から降ろし、それを夢ちゃんに手渡してから足を踏み入れた。

夢ちゃんのライトに浮かび上がったのは、廃墟そのものの光景だった。壁のいたるところが破壊され、ペイントスプレーで落書きされている。大穴があき、室内から雑草が顔を出している。

「夢ちゃん、ここに一人で？」

「はい」

エントランスのドアははずれていた。夢ちゃんは躊躇することなく建物のなかに入っていった。ボクはあとに続いて階段を上った。壁紙が剝がれて、ぼろ布のように垂れ下がっていた。かび臭さが鼻をつき、手で顔を覆いたくなる。夢ちゃんはライトで前方を照らしながらどんどん上がっていく。ボクも黙って付いていく。

二階、三階、四階と上がった。夢ちゃんは客室のドアが並んでいる通路を歩きだした。そして突き当たりまで歩き、正面のドアの前に立った。

「ここ」

声をひそめた夢ちゃんが、ペンシルライトをぐるっと回した。

「すごいところに来ちゃったなあ」

ドアの向こうから、ニャーッと聞こえた。夢ちゃんはノブに触れ、ドアをゆっくりと開けた。

飛びこんできたのは、大きな窓ガラス越しに見える青い星、赤い星、白い星の輝く連なりだった。二百軒以上のバーがひしめき合う新宿ゴールデン街がすぐ真下にあった。左の方には花園神社の大きな赤い社殿があり、右の方には背の高いビルが立ち並んでいた。

夢ちゃんはペンシルライトを消したが、ゴールデン街やビルからの灯りが差しこむので、部屋はさほど暗くならなかった。床には低く身構えたいくつかの影がある。

「山ちゃんを連れてきたよ」

その声が合図になったかのように、影たちはうごめき、夢ちゃんに近付いた。ネニャーッと柔らかに啼く声がひとつ。ボクの足元にも一匹やってきて、体を擦りつけていく。

部屋がすこし明るくなった。以前からここにあったものなのか、豆電球ひとつの小さなランタンを夢ちゃんが持ち上げた。猫たちの顔がはっきりと見えるようになった。

茶トラの花代がいた。キジトラの社長と専務がいた。ハチワレのココがいた。サバトラのムクもいた。黒猫と白猫はいなかったが、灯りがともったせいもあるのか、いっせいにニャーッと啼き始めた。線が細い啼き始めなのに、だんだん声が太くなっていく。ドラオに煮干しをあげていた頃を思い出した。食べ物を欲しがっている声だった。

「キャットフード出そうか？」

「昨日の、残りがあります」

洗面所の収納の扉を夢ちゃんが開けた。猫たちは啼きながら、夢ちゃんの足にまとわりついている。夢ちゃんは大騒ぎしている猫たちをなだめ、三つのボウルを床に置いた。そしてキャットフードを分けていく。尻尾を立てた猫たちが群がった。

「いや、驚いた。こういうことになっていたんだね」

ガツガツ食べている猫たちとボクの顔を夢ちゃんは交互に見た。

「ここ、このホテルの経営者の部屋だったんです」

どうりで、とボクは思った。ラブホテルの部屋にしては広く、眺めが良すぎた。魔界の問屋横町のように妖しげな灯りを連ねるゴールデン街を眼下に、新宿の高層ビル群までを一望できた。

「そのおじいさん、花梨花によく来てくれたんです。それで、時々、その人が飼っていた猫たちと遊ぶために……ああ、バチやスティングですけど、あの子たちに会うためにここまで来ていたんです。この部屋、猫が出入りできるように、ドアの下に、ほら」

入ってきたときには気付かなかったのだが、言われて見てみると、ドアの底部に四角い穴があいていた。

「じゃあ、今もこの穴を猫たちが出入りしているんだ？」

「はい」

「そうだったんだ。なるほど」

声に力が入ったのか、食事中の猫たちの背中が一瞬ぶるっと震えた。

「いや、あのね、夢ちゃんがうちの師匠を止めに入ってくれたとき……」

「はい」

「謝ろうと思って、もう帰ったって言われたんだけど、夢ちゃんを捜したんだよ。でも、見つからなかった。そのとき、この建物の二階の壁の間からトトが顔を出したんだ。ボクの方を見て一声啼いてくれた。ひょっとしたら君はあのとき、二階に？」

「あ、たぶん、そうです」

夢ちゃんはすこし考えるような顔をしたあとで、窓のそばにパイプ椅子をふたつ出してくれた。

「だって、私、毎晩ここに寄ってますから」

「毎晩？」

ボクはただ驚きのなかにいた。いつも見ていたこの廃墟のなかに夢ちゃんと猫たちのパラディッソ（天国）があったなんて、これっぽっちも考えたことがなかった。

夢ちゃんは先に椅子に座ったが、ボクは腰を下ろすのに時間がかかった。

「でも、ここのおじいさんが亡くなって、息子さんに代わってから、私、来るのやめたんです。猫たちも追い出されたみたいで」

「じゃあ、猫の家族図は？」

「もっとずっと前から描いてました」

「どのくらい？」

夢ちゃんはそこで黙り、窓の外に顔を向けた。なにから話せばいいのだろうと、ちょっと思案しているような表情にも見えた。

ゴールデン街からは、酔客のざわめきや歓声が絶えず上がってくる。どこかの店でかけているのだろう。ナット・キング・コールの『クリスマス・ソング』が聞こえてきた。

足りないです。足りないです。もっと下さい、と猫たちが啼き始めた。いつの間に入ってきたのか、黒猫のバチとサビ猫のアネゴも近くにいた。バチは金に輝く大きな目で夢ちゃんを見つめ、アネゴは芯のある堂々とした声で啼いた。夢ちゃんは椅子から立つと、再び収納からキャットフードの袋を取り出し、ボウルにばらばらと分けだした。

「ここにまた猫たちが集まり始めたのがわかったから、ついつい来るようになって。なんだかもう今は、本当の私の家族みたい」

ボクはその「家族」という言葉を聞いて、夢ちゃんについてなにも知らなかったのだということをあらためて思った。

「これは聞いていいのかどうかわからないんだけど、夢ちゃん、今どこに住んでいるの？　ご家族といっしょ？」

「池袋ですけど……」

夢ちゃんは立ったまま、もう一度夜景に目をやった。胸のラインがすこしふくらんだのがわかった。大きく息を吸いこんだみたいだった。

「私……施設で育ったんです」

「施設？」

「ものごころついたときには、両親ともいなくて」

新宿の空の上をハレー彗星かなにかが駆けていった気分だった。

「ごめん。変なこと聞いちゃった」

「いいんです。猫のことを話すというのは、そういうことだから」

そんなふうに言ってもらっても、これは明らかに配慮のない問いかけだった。家族なんて言葉は失敗だった。酔いが急速に醒めていく。気まずさから、ボクは片手を自分の額に当てた。

「保護者としては、おばあちゃんがいてくれたんですけど、お酒を手放せない人で、昼から酔っちゃって、どこでも寝ちゃって、おしっこ漏らしちゃうんですよ」

「おしっこ？」

「もう、むちゃくちゃです。お金ないし、おしっこの臭いするし。それである日、役場の人たちが来て、私を施設に」

「そうだったんだ」

ふだんとは逆で、ボクの方が空気の混じった声になっていたと思う。

「施設、楽しいこともあったけど、厳しいこともあって。食べもの、他の子に取られちゃうことがあるんですよ。だから、夕飯のときとか、みんな守りのポーズになって」

ボクはまた自分の額を手で打ちたいような衝動に駆られた。ものを食べるときに夢ちゃんが皿を隠す姿勢をとるのは、育った環境が理由だったのだ。なにも知らずにボクはそれを奇異だと思っていた。彼女の経てきた時間をいっさい考えずに。

「私、たぶん、人間をあんまり信用していないんです。施設で大人たちに叩かれたこともあったし。いつかお酒をやめて迎えに行くって約束してくれた……」

「おばあちゃん？」

「はい。一人で勝手に死んじゃうし。お葬式もなかった」

夢ちゃんはなぜかそこで、小さく笑ってみせた。ボクは立ったままの夢ちゃんの膝のあたりに目を落とした。

「気の許せる子は何人かいたけど、そうじゃない人の方が多かったんです。私、だから、今でもうまくしゃべれないし、普通というのがよくわからないんです。人間よりも、猫といる方が居心地がいいです」

なんとなくわかるような気がした。

「最初の猫の友達、迷いこんできた子で、黒猫だったんです。大人たちはいい顔をしなかったけれど、よく目を盗んで抱いてました。名前、ミルちゃんって」

「ミルちゃん」

「はい。ミルちゃん、目がすごい奇麗だったんですよ。夜になると、トパーズみたいに輝くんです。その目で、今日はどうだったのって、話しかけてくるんです。私はそれで、こうだったよ、ああだったよって答えて。ミルちゃんと私は話をしてるって、はっきりそう思えました。それからかな。会う猫、会う猫、みんな本当の私の家族だと思うようになって。新宿で働きだしてからも、猫を見かけるたびに私から話しかけて、絵も描いて……」

「名前もつけて？」

「はい」

「名前はどうやって考えるの？」

夢ちゃんは、「あの……」と、いたずらがばれた子供のように一度目を伏せた。

「お客さんのイメージから取った名前もあります」

えへへ、と夢ちゃんは下を向いたまま笑った。

「あとはそのまま。ちっちゃいから豆太郎とか」

「あ、豆太郎。好きだなあ」

舌を横から出す茶トラの顔が浮かんだ。

キャットフードを食べ終わった猫たちは、夢ちゃんやボクのそばで寝そべり始めた。夢ちゃんはかがみこみ、首を撫でてやる。ゴロゴロゴロと猫たちが咽を鳴らす。

「ムク、妊娠しているんです、たぶん」

「本当？」

「どうしてこの時期にって思ったけれど、赤ちゃんが生まれてきたら、だれが父親かわかっちゃいますね」

自分のことが話題になっているとわかっているのか、ムクは目を細めて夢ちゃんに擦り寄った。たしかにムクのお腹はそれらしくふくらんでいた。

「猫の家族図は、だから、私の家族の絵なんです」

「うん」

「もう現れてくれない猫たちもいるけど、私の家族なんです」

灯りの消えた花梨花のなかで、猫の家族図は冷蔵庫の扉に貼られているはずだった。今それを目の前で見たいとボクは猛烈に思った。

夢ちゃんはそこで猫たちを撫でる手を止め、「あの……」となにか言いかけた。

「うん？」

「消えてしまう猫って、どこに行っちゃうんですかね」

「新宿だからなあ。人も猫も消えるよね」

家族図のなかには、たしかに見かけたことがない猫たちがいた。黒猫のスティングや、茶トラの大次郎、サビ猫のルー子や三毛猫のエリなどだった。

「諦めきれない猫もいて」

「どの猫？」

すこし間があってから、夢ちゃんは椅子に座り直した。

「ショウ太。ハチワレの猫です」

「トトとココの兄弟？」

「違うと思います。ショウ太はもっと若い猫で、すごいハンサムでした」

「ハンサムねえ」

偶然、ココはボクの足下で毛繕いをしていた。頭を撫でてやると、甘えた声を出し、お腹を見せてひっくり返った。

「夢ちゃんが大事にしてきたから、この子たちはずいぶん人間慣れしているね」

「そうなんですけど……でも、いずれ、ここも壊されちゃうでしょう。どうしたらいいのかな」

「これだけの数だから、花梨花で飼うってわけにもいかないしなあ」

「キャットフードあげると、怒る人たちもいるし……」

「野良猫には餌をあげないでって、よく言われるようになったよね。しかもこんなにたくさんいるんだから、問題にはなるだろうな」

「はい……でも私、放っておけなかったんです」

それからしばらく夢ちゃんは無言になった。猫たちの首を撫でながら、新宿の夜景に時折目をやっている。

猫の家族図に秘められた夢ちゃんの人生。それがこんなにも凄絶だったとボクは思ってもいなかった。いかに打算のない願いであろうと、気安く「ドラマ化したい」なんて言える筋合いではないと思った。

「あの……いいですか。しゃべって」

ボクの表情からなにかを感じ取ったのか、夢ちゃんはちょっと控えめな言い方をした。しかしそれに続いたのは、ボクがまったく予期していない言葉だった。

「あの、猫たちのこれからも問題ですけど……ここが壊されるより先に、山ちゃんが壊れちゃうんじゃないかと思うんです」

「あ？　え？」

数秒ではあるものの、蒸されたように頭が熱くなった。夢ちゃんはボクをまっすぐに見た。

「山ちゃん、いつも疲れてますよね」

「まあ、そうかも」

「向いてないことをやっているから」

「いや、それは自分でもわかっていて」

「クイズ四十九問不採用って、言ってましたよね」

「そうなんだよ」

なんで夢ちゃんにまでそこを突っこまれなければいけないんだろうと思いながら、ボクは鼻にしわを寄せて、無理に笑ってみせた。

「ズレてるんだよな」

「でも、私いつだったか、山ちゃんが話していたのを聞いたことがあります。不遇なときにふさわしい言葉はなんでしょうって」

そういえば、そんなことを下駄ロックかだれかに話した記憶があった。

「あれの答え、選ばれていないときが選ばれているとき、でしたよね」

「うん。そうだよ」

「私、泣きそうになりました。その言葉、本当だと思ったから。クイズにはならないかもしれないけれど、いい言葉だと思って。だから、山ちゃんには、他に向いているいることがあるような気がします」

なんと答えたらいいかわからず、ボクは小声で「ありがとう」とつぶやいた。だが、夢ちゃんの言葉は止まらなかった。

「大勢の人に受けようとして、心にもないことをやろうとしているんじゃないですか？」

「そうなのかな。でも、テレビやラジオというのは、大勢の人に向けて番組を放送するわけだから。どうしても、その茶の間の、大勢の人のことを考えちゃうよ」

「大勢の人って、どこにいるんですか？」

「いや、だから……」

新宿駅を埋め尽くしていた人々の頭が目の前に現れた。あれはまぎれもなく大勢の人だった。

「大勢の人って、本当にいるんですか。いるかどうかわからない大勢の人に向けて語ろうとして、結局、なにも語れていないんじゃないですか。だから、いつもあんなに疲れているんじゃないですか」

「え……」

「ごめんなさい。勝手なことばかり言って」

夢ちゃんが頭を下げた。

「いや、いいんだよ。ありがとう。たぶん、当たってる」

そうは答えたものの、突然夜空から穴が降ってきて、そのなかに落ちこんだような気分になった。なにかを言おうとして口を開きかけるのだけれど、ひとつとしてふさわしい言葉が浮かばなかった。

「私、山ちゃんは……詩人になればいいと思ってました」

「詩人？」

「ときどき、山ちゃんの言葉がきらりと光るんです。だれか一人には、伝わる言葉」

「一人に？」

「私に」

いとおしいと思った。

ボクははっきりと、夢ちゃんをいとおしいと思った。

椅子から立ち上がるべきかどうか、ボクは窒息するほど迷った。夢ちゃんにそっと近付いて肩を抱けば、そして互いの瞳を見つめ合えば、自ずとあらたな時が刻まれそうな気がした。でも、それはボクの思い過ごしかもしれなかった。夢ちゃんが真剣に語ってくれていることは、ボクの生き方であり、この世の捉え方の問題なのだから。

　立ち上がったのは夢ちゃんの方だった。猫たちから手を離し、窓ガラスを横に開けた。冬の冷たい風が入ってきた。酔っ払いの声やバーで流れている音楽が、輪郭のはっきりとした音となって肌に触れた。添うように猫たちが啼く。

「私、時々、詩を書いているんです」

「詩？　ポエム？」

「そうです。あの、ちょっと恥ずかしいけれど、聞いてもらっていいですか」

「うん、もちろん」

　そうは言ったものの、これまた予期していない展開だった。絵を描く夢ちゃんというイメージしかなかったので、詩という言葉がすぐには結びつかなかった。だが、夢ちゃんは床に置いた布のバッグから、一冊のノートを取り出した。そしてぱらぱらと頁をめくりだした。

「これがいいかな？」

　ノートを構えた夢ちゃんは、瞬きの多い微笑みをボクに向けた。それからゆっくりと、そばに座っているココを指さした。

「ココ」

わかっているのか、ココは尻尾を立てると、ネニャーッと弱く啼いた。
「あなたの詩を読むね」
ボクは夢ちゃんの唇を見た。風が入ってきて、ポニーテールからほつれた髪がそのすぐ横の頬で揺れていた。

ココ

路地裏のまたその路地裏を行くと
タンポポが咲いているよ。
そっと近付き、ぼくは鼻をつける。
新しい香り。タンポポの言葉。
一度きり。

路地裏のまたその路地裏を行くと
レンガの壁にアゲハ蝶。
近付くと羽撃《はばた》いて、天に影、地にも影。

影はぼくを横切る。
一度きり。
路地裏のまたその路地裏を行くと
星が空で歌っている。
近付くと、夜空の心も近付いて
星がひとつ流れたよ。
ぼくのために流れたよ。
一度きり。

読み終わって、夢ちゃんはノートを閉じた。やはりどこか舌足らずだったけれど、とても不思議な感じがする言葉の並びだった。ボクは拍手をするタイミングを失い、ただ両手を胸の前で合わせていた。

「ココに、読んであげたことはあるんです。今日初めて、人間にも聞いてもらいました」

「うん」

初めて猫の家族図を見たときの、あの爽快な驚きとはまた違った感覚にボクはひたっていた。胸に沁みたし、翻弄もされていた。そして愉快でもあった。なにより も、夢ちゃんとココがいるこの薄暗い空間から、新しい世界が覗いていた。

「夢ちゃん、ありがとう」

「はい」

「なんというか……素敵だったよ。なんだか、知らなかった世界が急に目の前に現れたような。ありがとう」

夢ちゃんは恥ずかしそうに微笑み、すこし首をかしげた。

「詩を書いたことないんですか?」

「さあ、どうだったか」

子供の頃はあった。夜、父や母が寝静まったあとに、爆発的に書いたことがある。中学生の頃も、ノートに言葉を縦横無尽に並べたてた。でも、それが詩と呼べるものだったのかどうかボクにはわからない。

「本当は、書いていたでしょう?」

困惑した表情で夢ちゃんを見返したのだと思う。夢ちゃんはゆっくりとにじみ出るような笑い方をした。

「よかったら、いっしょに書きませんか」

「え、ボクと？」

「だって、山ちゃんは大勢の人に書くのじゃなくて、だれか一人の胸に迫るような言葉を生み出す人だと思うの」

「まさか……ボクが詩を？」

だめもとで、一応今日の目的だけは伝えておこうと思った。

「本当はね……本当は……猫の家族図が出てくるドラマを書いてみたいって、強く思っていたんだよ。だから、どういう理由で夢ちゃんがあれを描いたのか知りたかったんだ。なんかきっと、自分にとっても大事なできごとになるような、そんな予感みたいなものがあったから。だけど今日、話を聞いて……ドラマにするんだったら、その、夢ちゃんが育った施設のことや、この廃墟で猫たちと過ごしていることなんかも書かなければ、脚本は事実を超えられないと思った」

「はい」

「でも、見聞きしたことはだれにも言わないって、約束しちゃったよね。そうなると、書きようがない。つまりボクは今、とても混乱しているんだよ。わるい気分じゃないんだけど。むしろ、その逆なんだけど」

「別に、いいですよ。山ちゃんにとって、いきいきとした仕事になるなら、書いてもらってもいいです」

夢ちゃんはそこで、詩のノートを布のバッグに戻した。そして、細長い包みを取り出した。赤いリボンが掛けてある。

「あの、山ちゃん。クリスマスプレゼントです」

「まじ？」

「大したものじゃないですけど」

夢ちゃんから包みを受け取ると、ボクはリボンと包装紙を取り、現れたパッケージを開けてみた。なかには、鮮やかなブルーの万年筆が収まっていた。

「わあ、万年筆。しかも、こんな奇麗な色の……」

「近くに、小さな工房があるんです。私も詩を清書するとき、ここの万年筆を使っているので」

「ありがとう。夢ちゃんこそ、お金使っちゃったね」

「そんな高価なものじゃないの」

「万年筆使うの、たぶん初めてだよ」

パッケージから取り出した万年筆を、ボクは指で挟んでみた。

「書き直しが多いから、ふだん、放送原稿は鉛筆で書いているんだ。クイズ原稿なんかはサインペンで書いちゃう。万年筆の人はあまりいないと思うよ」

「ドラマでもいいし、詩でもいいし、好きな言葉をその万年筆でたくさん書いて下さい」

「うん。本当にありがとう」

もう、ここしかないと思った。そっと肩を抱き寄せればいいだけだ。互いに見つめ合えばいいだけだ。

「じゃあ、山ちゃん、帰りましょう」

「あ……帰るの？」

「だって、もう駅に向かわないと、終電逃しちゃいます」

逃しちゃっても全然いいのだけれど。そう思ったが、夢ちゃんが猫たちを撫で始めたので、なんだか雰囲気が変わってしまった。湧き上がった気持ちを、ボクは大きな呼吸で無理やりに鎮めた。そして、キャットフードをリュックサックと手提げ袋から取り出し、収納棚にひとつずつ置いていった。

八

翌日の昼、ボクは永沢さんにしぼられていた。企画会議をさぼった理由を言わなかったため、余計にいらつかせてしまったのだ。事務所はボクの仕事のスケジュールを把握している。「曙橋テレビの関係でちょっと」といった言い訳は通用しなかった。あるとすれば、「体の調子がわるくて」「熱が出てしまいまして」という方向だったが、夢ちゃんと会うためにそんな嘘をつかなければいけないということが、自分にとっては本当に許せない本物の嘘になってしまいそうで、なんだか受け入れがたかった。

永沢組にとってもっとも重要なのが企画会議だった。現行の番組を維持するためにも、来年以降の新しい枠を狙うためにも、アイデア、アイデア、アイデアだった。ボクを含む構成作家の卵たちは、会議で話題に上るすべての企画について、複数のアイデアを求められた。だから、その会議に参加しないのは、事務所の方針からの離脱、永沢さんの意志に対する叛旗と取られても仕方なかった。

「じゃあ、お前は、別に病気だったわけでもなんでもなく、ただ参加したくなかったってことでさぼったんだな」

「そうじゃないんですけど。どうしても」

「だから理由はなんなんだよ」

永沢さんが拳固でテーブルを叩いた。同じ部屋で原稿を書いているモリさんや他のスタッフが、ちらちらと視線を送ってくる。

「すいません」

ボクは何度も頭を下げた。何度も謝った。永沢さんはしびれを切らしたのか、大きく息をついて一度天井を見上げた。目にはすでに涙が溜まっている。感情を抑えられなくなったときの永沢さんの特徴だ。

「わかったよ。じゃあ、お前、ペナルティな」

「はい」

「年末でクソ忙しいだろうけどさ、テレビ赤坂の受験生クイズのサンプル、あれ、大量に必要なんだ」

来春四月から放映予定の番組だった。人気漫才師が司会で、中学や高校の受験問題から派生させたクイズをひな壇に座った芸能人たちに解かせる形式だ。テレビ赤坂としては、春先のスペシャル枠で勢いを付け、ゴールデンの目玉に持ちこもうという算段だった。

「とにかく、特番の一発目がこけたら終わりだ。おもしろいクイズがたくさん欲しい。今年中に五百問作ってくれるか」

「五百問？」

今年中といっても、大晦日まで十日もなかった。他にもやらなければいけない仕事がいくつかあり、その量はとうてい作れそうになかった。でも、できないとは言えない。

「はい」

「まあ、お前は、五十問作って一問しか採用されないわけだから、五百問作ってもたかが知れてるけどな。ただ、ゼロから作らなくていいよ。そんな苦労はしなくていい。本屋に行って、中高の受験問題集買えるだけ買ってこい。それで、おもしろそうな問題があったら、それをちょっと変形させてサンプルを作ればいい」

「はい」

「あー、それから、宿題出しておいたろう。曙橋テレビの歌番組。あれ、どんなアイデア持ってきてくれた？」

「あ……」

迂闊だった。ボクはすっかりその宿題を忘れていたのだ。これも来春から放映予定のゴールデンの歌番組だった。曙橋テレビは、最近急速にファンを拡大しつつある日本のロックシーンに注目していた。毎回何組かの人気バンドを呼んで演奏してもらい、なおかつ演歌歌手も登場させて、双方のファンを取りこもうという思いがあるようだった。だが、どう考えても、ロックと演歌は水と油だった。混じり合うわけがない。そこで局のプロデューサーに泣きつかれたのが永沢さんだった。

「よし、お前ら、ロックと演歌が見事に融合する楽しい番組を企画しろ」

前々回の企画会議で、ボクたちはそう命じられたのだった。

「どうだよ？　あれからずいぶん時間がたっているんだ。名案のひとつやふたつは浮かんだろう」

「はあ」

ボクは下を向いてしまった。永沢さんはなにも言わず、テーブルの下で足を揺すり始めた。膝が当たるのか、カタカタと音がする。

「どうよ？」

「あの……勇気を出して言うんですけど、前提として無理があるような気がします。今の状況なら、人気バンドを呼ぶだけで一時間の番組は充分もつと思います。デビューが控えているバンドなんかもどんどん出せばいいと思いますし。そこに無理をして演歌というのは、どっちのためにもならないんじゃないでしょうか？」

「そんなことは最初からわかっている。俺が求めているのはアイデアだよ」

永沢さんの目から涙がこぼれ落ちたのが見えた。わずかな沈黙のあと、テーブルに置かれていたプラスチックのペン立てが飛んできた。避けようとしたが、ペン立てはボクの肩に当たった。ガシャッと音がして、なかに入っていたボールペンや鉛筆が散乱した。

「お前、いつからプロデューサーになったんだよ！　前提として無理があるだと！　いつになったらテレビの世界がわかるんだよ。歌番組ってのは芸能プロダクションが買ってるんだよ。これまで世話になった演歌歌手を出すのは大前提だろうが！」

さすがにスタッフ全員の手が止まった。みんなこっちを見ている。大柄なモリさんが立ち上がった。

「永沢さん……どうしたんですか」

場を取りなそうと来てくれたモリさんに対し、「こいつは学ぼうとしないんだよ！」と永沢さんは叫んだ。

「どんな無茶だって、頼まれたら頭しぼって考えるのが俺たちの仕事なんだ。金もらってんだろう、お前」

ボクはひくつく声で、「はい」と答えた。

「その金はどこから出てんだよ！」

「永沢さんから……いえ、局からです」

「違う。その局を支えてるのはスポンサーだよ。スポンサーを支えているのは一般視聴者だよ。日本中の茶の間でテレビを楽しみにしてくれているみなさんだよ。俺は命がけでそのみなさんのために番組を作ってきたんだ」

永沢さんの声が涙でひくつき始めた。

「どうして大学に行かなかったんだって、酔ったディレクターに意地のわるい言い方をされても、歯を食いしばってアイデアを出し続けてきた。それをお前は、この俺に対して、前提がなんだかんだと言ってる。わかってるのか！」

ボクは無言でうなずいた。

「だいたいお前はさ、もう、興味がないんだろう。俺たちの仕事に。やりたいのはドラマなんだろう、お前。だったら、ドラマの先生に付けばいいじゃないか。ここはバラエティでもってる事務所なんだから」

モリさんが散らばったペンや鉛筆を回収している。下を向いているボクと一瞬目が合った。「早くあっちに行け」と伝えているような視線だった。

「すいませんでした」

ボクは頭を下げ、永沢さんの前から身を退いた。

「五百問やりきれよ！　五百問だからな！」

退出しようとするボクに向かって、永沢さんは怒鳴り続けた。

中高の受験問題集を多種買うなら、やはり新宿の大型書店がいいだろうと思った。永沢さんの罵声を耳に残したまま、代々木から線路沿いを歩いた。

ただでさえ忙しいのに、そこへ五百問。ボクは追いつめられていた。しかも永沢さんのあの言い方では、春先にはクビになるかもしれない。そうなるとまた、塾の先生やバーテンダーをしながら食いつないでいくことになる。

ただ、この世そのものはボクにつらく当たっていないような気がした。救いとして、空がどこまでも青かった。典型的な東京の冬の空だった。澄んでいて、とても高く感じられた。その紺碧が、夢ちゃんにプレゼントしてもらった万年筆の青を思い出させた。

あの万年筆で、なにを書くのだろう。

そう思うだけで、気持ちに仄かな光が差しこんでくる。これもたしかなことだった。これから五百問作るなんて、失神したまま正月を迎えるのではないかと思うけれど、その先はあの万年筆を使って、自分の書きたいものを書けばいい。インクも青にしよう。原稿用紙に青い文字を並べていけば、自ずから道が切り開かれていくような気がした。

そしてもうひとつ、今朝の目覚めをボクはまだ思い出すことができた。

夢を見たのだ。

ボクは、新宿の路地を歩いていた。目は路面のすぐそばにあった。ひび割れたアスファルトから生えている草。その匂いをボクは嗅いだ。タンポポが一輪、すぐそばで揺れていた。黄色い小さな花びらがみんな輝いていた。ボクはタンポポの匂いも嗅いだ。

行き交う人間たちはずいぶんと大きかった。ボクは人間を見上げるしかなかった。でも、人間の頭よりも高いところに、鳥がいた。蝶がいた。鳥も蝶も影を作った。影となって路面をよぎっていった。影はボクの体も通り過ぎていった。

陽が沈んで暗くなると、ビルの壁で区切られた夜空が見えた。星がひとつ、ふたつ、みっつ。じっと眺めていると、斜めに星が流れた。ほんのわずかな時間、帯のような光跡が残った。ボクはそれを受け止めた。この世はささやきに満ちている。

それなら、これらのささやきはボクになにを伝えようとしているのだろう?

そう考えたところで目が覚めた。夢のなかでボクは人間ではなかった。夢ちゃんの詩に登場した猫、ココだった。ココの視線になって、路地を歩いていた。この世界を捉えようとしていた。

新宿に向かって歩きながら、ボクはまたすこしだけ猫になったような気分で空を見上げた。見えない路地をボクは歩いていた。この路地の入口には永沢さんの罵声があった。そして出口には、青い万年筆が待ち構えていた。ボクはその間を一歩ずつ、言葉を探しながら歩いていた。

新宿の大型書店で中高の受験問題集を三冊買った。買えるだけ買えと永沢さんに言われたのだから、もっと欲張るべきだったかもしれない。でも、その気にならなかった。手にとってぱらぱらと頁をめくっているうちに、自分の興味の対象ではないとはっきり感じたからだ。

問題集を入手したあと、ボクは筆記具を売っているコーナーで、万年筆用のインクのカートリッジを買った。色は濃いブルーだ。それからすこし考え、自分の気持ちが向かう方へと足を進めた。「詩・短歌・俳句」と案内板が下がっている売場だ。どんな詩集が並んでいるのか、すこし見てみようと思ったのだ。

まず、詩の文芸誌が目についた。数頁読んでみた。知らない詩人たちの作品が並んでいた。なんとなく理解できるものもあったが、「俺は逆立ちしたまま口いっぱいの砂鉄を含み、お前の体内を走り回る百頭の馬に向けるおべっかのひとつも考えるのだ」とか、「よりよりより色の君のおつむのらりらりらり色のらりぱっぱっぱっぱエレキテル」といった表現が目につき、ちょっとくらくらした。おもしろいとは思ったが、理解という点ではつかみどころがなかった。こういう作品を日夜読まなければいけない編集者は大変だろうなと思った。

やはり、ボクでもその名を知っているくらいの詩人の作品に触れてみるべきだと思い、宮沢賢治の『春と修羅』に手を伸ばしてみた。『銀河鉄道の夜』は高校生の頃に読んでとても感動したし、『注文の多い料理店』や『グスコーブドリの伝記』といった童話も好きだった。高校の国語の教科書で『永訣の朝』という詩も読んだことがあった。黒板に「新宿ゴールデン街」と書いた先生が、「最愛の妹さんを亡くした賢治が、その悲しみを永遠に結晶化させるために書いた詩なんだと思う。だから透明なんだ」と解説してくれたことを覚えている。あの詩なら理解できる。

ところが、どういうわけか、いざ読んでみると『春と修羅』は難物だった。わかる部分はわかるが、わからない部分はわからないとしか言いようがない。童話はすべてわかりやすいのに、同じ作家が書いたとは思えないほどその詩はわかりにくかった。理解できない化学用語や、鉱物の名前なんかも遠慮なく登場する。賢治は読む人の気持ちを考えたのだろうか。あるいは読む人の理解は関係なかったのだろうか。

ちょっと首をひねりながら、続いて萩原朔太郎の詩集を抜き取った。数頁読んで、咽にイワシの小骨が刺さったような相容れなさを感じた。『猫』という作品は愉快だったが、どれを読んでもわずかな距離を感じた。そのわずかが大きかった。ひょっとするとこれは、書店という場所で立ち読みしているからこその違和感なのかもしれなかった。一冊アパートに持って帰り、ゆっくりとページを繰れば肌に合う詩人なのかもしれないとは思った。

次に、金子光晴を手に取った。大学のそばにあった喫茶店で、ラックに無造作に置かれていた『マレー蘭印紀行』を読んだことがある。慣れない文字が多かったが、刺激的であり、夢中になって頁をめくった。だが、詩集の方はやはり難解だった。どうにも理解できない言葉が並んでいた。人間の体が腐って、ぐちゃぐちゃになっていく記述があり、それを掘り起こして抱くことの愛を描いた一篇があった。かろうじてこれは理解できたし、ちょっと新しい地平を見たような気もしたが、だいたいに於いて歯が立ちそうになかった。

高村光太郎も読んでみた。どの詩も力強く、理屈抜きに納得できる表現があった。『智恵子抄』の一篇ずつは頭というより心に入ってきたし、愛情の裏側にべっとりと付いた黒いヤニのようなものまで見える感じがした。光太郎が、牛や象や駝鳥などについて書いた詩も好感が持てた。ただし、やたら長いとは思ったが。

草野心平はいいなと思った。カエルたちが次々と登場する詩だ。平易な言葉が使われており、わかりやすい詩だ。それでいて決して浅いわけではなく、カエルたちの眼差しの向こうに、生き物であるがゆえのどうしようもない哀しみが描かれているような気がした。

日本の有名な詩人たちを他にも数人読んでみた。肌に合う人もいれば、そうではない人もいた。引きこまれるセンテンスもあれば、たった数行なのに、どうしても頭に入ってこない表現もあった。

外国の詩人はどうだろうと思い、洋酒メーカーのテレビコマーシャルで名を知ったアルチュール・ランボーを一冊手に取ってみた。

堀口大學訳、とある。『酔いどれ船』という長い詩を読んでみた。なにがなんだか、まったくわからなかった。欧米の詩は韻を踏むのが大事なのだろうから、翻訳された意味だけを追ってもそれこそ意味がないのだろうが、それにしてもわからない。麻薬や酒を相当やった人らしいから、ハイな気分でぶっ飛んでいたときに書いたものなのだろうか。堀口大學の文語調の訳も気になった。ここに格調の高さを感じる人もいるのだろうが、格調が高くない自分としては、詩以前の問題としてすでにその古い日本語が壁になった。

ガルシア・ロルカはどうだろう。数頁読んで、元に戻した。ロルカが生きた時代の欧州を知らなければ、これは読めないと思った。受け皿としての教養がボクにはなかった。

女性の詩人もと思い、エミリ・ディキンソンを書棚から抜いてみた。短い詩ばかりだ。難解な言葉はなく、しかし表現の妙で、どの作品もきらきらと光っているように感じられた。ボクは彼女に憧憬を抱いた。マサチューセッツの農地に陽が沈んでいく様を、女性ならではの言葉、たとえば布地や宝石を使って表現している。なんだか、夢ちゃんの詩に近いような気がした。

結局ボクは、草野心平とエミリ・ディキンソンの詩集を二冊ずつ買った。夢ちゃんにもプレゼントしたいと思ったからだ。

書店のレジに並んでいる間、詩人の個性だけではなく、読者にも個性があるから、これだけ多様な詩が存在し得るのだということを思った。ボクはボクの感性でしか詩を受け止められない。もし、読者というものがすべてボクと同じ感性だったら、書棚に並んでいる詩人たちの大半はこの時代まで名を残せなかっただろう。

となれば……なるほど、詩は大勢に対してではなく、個から個に向かった一対一の言葉のやり取りだ。結果的に大勢の人が読むようになったとしても、その文学の礎は、あくまでも個の心と個の心の触れ合いだ。夢ちゃんが廃墟のホテルで語ってくれたことが、なぜか書店のレジ台の前ですとんと腑に落ちた。

年内中にクイズ五百問。その準備を考えると、新宿で飲んでいる時間など一秒もないはずだった。でも、夢ちゃんに二冊の詩集を渡したかったので、ほんの一杯だけやろうと思い、花梨花に向かった。

ガラス戸を開けると、夢ちゃんはちょっと驚いた表情でボクを見て、それからようやく微笑みをくれた。カウンター席はけっこう埋まっていて、焼き台とは反対側の端の方しか空いていなかった。客の列のなかにはタマゴ先生やハガネさん、演出家の姿が見えたが、真ん中あたりに陣取っているのは、ヒヨドリの巣と三人のスーツ姿の男たちだった。

端の席に座ると、すぐに夢ちゃんがおしぼりとつきだしを持ってやってきた。つきだしの小鉢はひじきと油揚げを炊いたものだった。夢ちゃんはボクの顔をあらためて見ると、ぐっと唇を尖らせた。そして一瞬、スーツ姿の男たちの方に目を向けた。『おかしな連中が来てるのよ。気を付けてね』と、暗にサインを送られたことをボクは理解した。

ボクはホッピーと焼き鳥の盛り合わせを頼んだ。ほぼ満席で夢ちゃんが忙しそうだったので、焼きピーマンは注文しなかった。

「やっぱりね、この時代になっても、あれだけの土地が飲み屋だけに占拠されているというのは、公平じゃないんですよ」

スーツ姿の男たちはずいぶんと日本酒を飲んでいるようだった。声が大きくなっていることに気付いていない。三人とも四十代後半くらいに見えた。動物にたとえるなら、一人はどことなく天狗猿に、一人はなんとなくチャボに、もう一人は黒豚に似ていた。「アハハ、まあね」とかなんとか言いながら、ヒヨドリの巣が銚子の酒を注いでやっている。彼らはどうやら、新宿ゴールデン街の地上げについて話をしているようだった。あまり聞きたい話ではなかったが、彼らの声が大きいのでどうしても耳に入ってしまう。その頃ボクが手習いとして書き始めていたドラマの台本風に表わすなら、ざっとこんな具合だった。(なお、ヒヨドリの巣という役名は長いので、単にヒヨと表わします)

天狗猿　ウキキッ。とにかく、新宿駅からこんなに近い超一等地ですよ。そこを、ああした正体のよくわからないバーばかりが占拠しているってのは、どういうことなんですかね。都は、なんで今まで見過ごしてきたんでしょうねキキッ。

ヒヨ　まあ、見過ごしてきたっていうか、都庁の人もここいらで飲んでるわけだから。

チャボ　そりゃ、私たちだって飲んでいるんだから、酒飲みの気持ちはわかりますココッ。だけど、国民の半分は飲まないんです。女、子供、老人、飲まない人にとってはココッ、まったく意味がない街です。

黒豚　ブー。恐くて近寄りたくないという意見も多いですよブー。女装した客引きはいるわ、酔って外で寝ているようなのもいるわ。とてもじゃないが、妻や子供を連れて歩こうという場所ではないですよねブー。

ヒヨ　まあ、もともと青線でしたからね。

黒豚　青線って、なんですかブー？

ヒヨ　国が認めていた合法の売春地帯。それが赤線。認めていなかった非合法の売春地帯。それが青線です。警察用語だけどね。昭和三十二年に売春防止法が適用されるまで、そうやって分けていたんだね。

黒豚　それじゃあ（鼻をひくひくさせながら）、あの小さなバーで売春をブー？

ヒヨ　昔の話ですよ。

チャボ　でも結局、その不潔な感じをある程度引きずっているというかコココッ、澱んだ空気のまま、あの街が存続しているというか。だから、あそこを一掃するというのは、ある意味でフェアな行為でもあるわけですココッ。地盤を検査してみないとわかりませんけどね、あれだけの敷地があれば、五十階建ての高層ビルも夢じゃありませんココッ！

天狗猿　ウキキッ。そのビルのなかに公共の図書館なんかも入ってもらいましょう。そうすりゃ、一日に何万人もの都民が利用できる場所になる。東京の新名所がひとつ誕生するというわけですキキッ。

ボク　あの……五十階建てのビルの方が、ゴールデン街よりも価値があるんですか？

そう。やってしまったのだった。

他の客の会話には口を挟まない。これは酒場の不文律だった。みんなが笑えるような楽しい会話ならともかく、喧嘩の種らしきものが生まれたら、それは黙って酒に流せというのが古今東西の酒場のルールだ。

わかっていながら、つい言葉が出てしまった。ゴールデン街をここまで否定するその理由がいただけなかった。かなりの色眼鏡で見ている連中だ。

今すぐやめろと自分に向かって警鐘を鳴らしながらも、ボクは言葉を止めることができなかった。

ボク　高層ビルはもうすでにたくさんありますよね。だけど、ゴールデン街は戦後の文化の集積地みたいなところですから、一度なくなったらもう二度とよみがえらないと思うんですけど。

チャボ　はあ？　言い方わるいかもしれませんが、立ちんぼうのオカマが袖を引っ張るのが戦後の文化なんですか？　ぼったくられないかとひやひやしながら飲むのが戦後の文化なんですかココココッ？（羽を広げて威嚇する）

ヒヨ　いや、まあ、映画監督とか作家とか、文化人がけっこう集うからね。

天狗猿　この若い人が言うことも間違いじゃないんだよう。

ウキッ。お気持ちはわからんこともないですよウキッ。でも、あなた方がいいよ。あそこに高層ビルを建てればどれだけの人が利用できる（ボクの顔を睨みつけて）、世間の人がみんな同じ考えだとは思わないようになるか。若くて柔軟な頭があるなら、それを考えてみなよ、ウキキッ。

ボク　大勢の人が使うなら善で、少数の人の楽しみは悪ということですか？

黒豚　ブー。なに言ってるんだブー（椅子から立ち上がる）。おい、こいつなんだブー。お前関係ねえだろう、ブー。

ヒヨ　まあまあまあ（黒豚の背中を手でさする）、酒の席ということで。ね、お互いにさあ。山ちゃんよう、こっちの話に口を出さないでよう。ごめんね。

ボク　（無言でいきなり立ち上がる）
黒豚　なんだブー。やるのか。
チャボ　やるならやるぞコココッ。
ボク　いえ、そんな。（夢ちゃんの方を見て）すいません。お勘定をお願いします。（なぜかここで演出家が立ち上がる）
演出家　山ちゃんの言う通りだ。もっと言ってやれよ。こいつら金勘定ばかりで、文化ってものがわかってないんだよ。
天狗猿　ウキッ？
（演出家の隣で、ハガネさんもゆっくりと立ち上がる。上腕の太さを見せつけるようにボディビルのポーズを取る）
黒豚　なんだこの店はブー！
夢ちゃん　やめて下さい！

大きな声だった。一気に酔いが醒めたので普通の書き方に戻すが、夢ちゃんは強ばった表情でヒヨドリの巣、そしてボクをじっと見た。左目が震えていた。三人衆は互いに顔を合わせ、「出るか？」とぶつぶつ言っている。
また失敗した、とはっきりわかった。なにが「また」なのかわからないが、この失敗の繰り返し感こそが自分だった。迷い性のくせに、いや、だからだろうか、整理できていない衝動的な言葉や行動でボクはいつもなにかを台無しにしてしまうのだ。焼き鳥の塩かタレかを選ぶような小さなことから、ひょっとすると、自分の人生そのもののような大きなことまでもを。

それにしても、笑っていない夢ちゃんの左目の力は破壊力抜群だった。バケツ三杯分くらいの水を頭からかぶったような気がした。

強ばった表情のまま伝票を持ってきた夢ちゃんに、ボクはお金を払った。

「ごめんね」

夢ちゃんは返事をしてくれなかった。ボクはおつりを受け取ると、スーツ三人衆も含めた全員に体操をさせながらその背後を通り抜けた。ガラス戸に手をかけたところで、夢ちゃんに詩集二冊を渡していないことに気付いた。でも、今日はもういいやと思った。来なければよかったとさえ思った。

花梨花を出ると、目の前にラブホテルの廃墟があった。昨夜のことがよみがえった。夢ちゃんと二人で椅子を並べ、ゴールデン街を見下ろしたこと。猫たちがそばにいてくれたこと。もらった万年筆の鮮やかな青。大勢に向けてではない、一対一の言葉が欲しいと言われたこと。そのすべてがなんだか遠く虚ろになってしまったように思えた。

アパートに戻ると、机の上には青い万年筆があった。ボクはそれを一度引き出しにしまい、中学の受験問題集を広げた。ページをめくっていると、理科の入試実例として季節ごとの台風のコースを当てる問題があった。夏の台風と秋の台風では進路が違うとあり、次のなかから「傾向としてあり得る」進路を選びなさい、とあった。日本列島の南側に、それらしき進路が五種類描かれている。そのなかのどれか？という問題だ。

番組で使えそうだなと思った。でも、疑問も生じた。予想通りに進まないのが台風だ。年に一度くらいは迷走する台風も現れる。進路の平均化はできても、個々の台風はそのときのジェット気流や気圧配置によって、それぞれ違った進み方をするのではないだろうか。だからこその「傾向としてあり得る」という表現なのだろうが、ここにも平均化という大勢のための集約の理論が働いていて、個の台風は無視されているように感じた。

それなら、実際に列島を襲った大型台風の進路で問題を作れないだろうかと考えた。過去の台風なら、平均化も傾向もなく、事実としてクイズ化できる。

でも、そこでボクは自分がテレビ向きではないことにまた気付いた。大型台風なら確実に被害が出ている。犠牲者もいるだろう。あの台風さえ来なければ……と思って暮らしている遺族の方もいるはずなのだ。その人が偶然番組を観ていたらどんな気持ちがするだろう。すくなくとも、ゴールデンのバラエティ番組で取り上げる話題ではない。

なんだかそれで折れてしまった。

夢ちゃんと過ごせた昨日はとても素敵な日だった。今日は昼から永沢さんに罵倒され、ペン立てまでぶつけられた。不用意な発言から花梨花の雰囲気をわるくしてしまい、夢ちゃんを追いつめてしまった。詩集も渡せなかった。まったくもって、不意に現れた迷走台風に巻きこまれたような一日だった。いや、自分自身がその台風になってしまったのだ。

溜め息をつき、ボクは受験問題集を机の端に押しやった。そして時計を見た。十一時を過ぎている。きっと廃墟のなかで、夢ちゃんが猫たちを撫でている時間だ。

「電話番号……」

一人でそうつぶやいた。ボクは夢ちゃんに自分の電話番号を教えていた。だから彼女は電話をくれた。でも、ボクは夢ちゃんの電話番号を知らなかった。夢ちゃんは、どうして教えてくれないのだろう。

やっぱり、彼氏とかいるのかな。

当たり前のことを想像した。二十二歳の夢ちゃんに彼氏がいたとしてなんの不思議があるのか。

そういえば……。

ショウ太というハチワレの猫をずっと捜していると夢ちゃんは言っていた。その ショウ太という名前はどこから来たのだろう。すくなくとも花梨花の常連にはいない。

「ハンサムな猫だって」

独りそう愚痴った。そのハチワレの猫がハンサムかどうかはともかく、元になった人間のショウ太が夢ちゃん好みだったということではないのだろうか。

だから忘れられずに今でも夢ちゃんは猫のショウ太を捜している。すなわち、人間のショウ太も忘れられないでいる!

また、大きな溜め息をついた。高校生くらいならこの葛藤はお似合いだ。この年齢で、自分はいったいなにをやっているのか。

ボクは引き出しから青い万年筆を取り出した。インクのカートリッジを、万年筆のボディをはずしてはめ込んでみた。ペン先は金色だ。18Kと刻印されている。ノートの新しい頁にペン先を押し付けると、インクがにじみ出てきた。そのままゆっくりと動かしてみる。濃いブルーの線が白紙の上に現れた。

夢ちゃんに彼氏がいるかどうかはともかく、ボクは自分自身の強い思いをよみがえらせていた。この万年筆を使うのは新しい地平に向けて文字を記すときなのだ。それはつまり、猫の家族図を題材にしたドラマの脚本を書くか、夢ちゃんといっしょに猫の詩を書くか、そのどちらかだった。

ボクは万年筆のペン先をノートに押し当てたまま止めた。インクが伝わり、ノートにできた青いしみが徐々に大きくなっていく。

この万年筆で初めて綴る一行が、ボクのこれからの運命の最初の一行にもなる。さて。

ボクは、「ポップ」と書いた。

今日、花梨花で席についてすぐ、窓の外のブロック塀を黒猫のポップが歩いていったのだ。店から漏れる光のなかでポップは一瞬動きを止め、あの三人衆も含む客の顔をじっと見ていった。瞳のなかに金色の羽虫が隠れているような目だった。三人衆のだれかが、「おう、黒猫」と言い、またたれかが「縁起わるいな」と言った。あれだけ「猫じゃん」をやっているくせに、ヒヨドリの巣は彼らになにも言い返さなかった。偏見や固定観念は言葉だけでは解きほぐせるものではない。なにを言っても無駄だとおそらくはヒヨドリの巣自身が知っていたのだろう。

でも、ボクや夢ちゃんのように、猫の瞳の輝きにまでこだわる人間は、彼らとはまったく違う感じ方で、猫との出会いを捉えている。猫たちは、ささやきに来たのだ。目を合わせたその人間の運命を。猫と、ごく一部の人間だけがわかる言葉をもって。

ポップ

俺は塀の上が好きな猫。
だれよりも高いところから君を見ている。
でも、決して落ちたりはしない。
落ちない方法を知っているのさ。

君はわかったような顔でほくそ笑んだね。
気をつけな。
企んでいるのは君ばかりじゃないんだ。
風は常に新しく、運命は常に渦を巻く。

俺と目が合った以上、
その日は近いということだ。
君がどうなるのかわからない。
闇のなかで、俺は運命の匂いを嗅ぐ。

気をつけな。
踏みはずしそうになったら、
ゆっくりと歩むんだ。
それなら決して落ちたりしない。

俺は高いところから君を見ている。
すぐそばで、透明な嵐が生まれたようだ。
さあ、目を見開け。風の音を聞け。

そこまで書いて、ボクは万年筆を置いた。夢ちゃんの詩とは雰囲気が違うなと思った。これは詩というより、出会った猫からの警告、あるいは占いのようなものかもしれない。

新しく、「猫占い」という言葉がボクの頭に浮かんだ。でも、占いだからといって、大勢の人に読んでもらう内容ではないと思った。たぶん、追いつめられている自分のために書いたのだ。

今夜、ボクは夢を見るのだろうか。

塀の上から、花梨花のカウンター席を覗いている夢を。

いや、寝る時間はないと思った。

九

テレビやラジオの番組制作者に、年末年始のまとまった休みはない。むしろ特番の目白押しで、世間のにぎわいを横目に不眠不休が続くことになる。

しかもボクには永沢さんから命じられた大量のクイズがあった。夢ちゃんの言葉が気になっていたボクは、大勢の人に向けて出題するという漠然とした姿勢ではなく、花梨花の厨房で働く一人の女性に向けて一問ずつささやくような気分で作っていった。

そうでもなければ、短期間で五百問のクイズなど作れるはずがない。ボクに生まれた集中力は、それが仕事だからという生真面目さからではなく、胸のなかに湧き上がる特別な感情がもたらしたものだと思う。

大家さんには見破られた。新年一月分の家賃を渡しに行くと、「あら?」と首をひねられてしまった。

「なんですか?」

「なにか、いいことあったの?」

ボクは言われていることの意味がわからず、「とんでもないです。ただ忙しいだけの年の瀬ですよ」と肩をすくめてみせた。すると大家さんは、「だけど山ちゃん、顔に書いてあるよ」と江戸期からあるような枕を放ったあとで、「いい人、できたんじゃないの?」と目の奥をちらちら光らせたのだった。「いやいやいやいや!」とボクは顔を覗きこんでくる大家さんを両手を振ってさえぎり、「いやいやいやいやや」と小声で百回くらい繰り返しながら自分の部屋に戻ったのだった。緩みそうになる頬に何度も力を入れながら。

結果的には、大晦日までに終えることはできなかったが、これまでとは違うクイズ作りの時間をボクは過ごせた。義務ではなく、自ら進んでおもしろいクイズを作ろうと汗を流したのだ。クイズ用の原稿に500とナンバーを打てたのは、年が明けて五日目の夕方だった。疲れのせいだろう、肘をつくと机がくにゃっと曲がるような妙な感覚のなかで、「やればできるんじゃないかよ」とボクは自分に向けてつぶやいた。そしてジーンズとセーターのまま、クイズ原稿を積んだ机の横で布団にくるまった。

電話があったのは、その夜遅くだった。手探りで受話器をとると、「あけましておめでとうございます」と第一声があった。ボクがずっと聞きたかった、すこし舌足らずで、空気の抜けた声だった。「おめでとうございます」と、ボクもまた力のない声で応え、年をまたいで十日以上も花梨花に行っていないことを詫びたのだった。

夢ちゃんは、「そんなの、ぜんぜん気にしないで下さい」と言ったあとで、すこしあらたまった口調になった。

「できれば会って、お話ししたいことがあるんですけど」

夢ちゃんの言葉には首回りを包んでくれるような温かさがあった。ボクは際《きわ》のない深淵からこの世へと戻ってきた。

「ああ、もちろん。喜んで」

「たとえば明日の夜、どうですか？　あの場所でお話しできれば」

「あの場所って、例のあの、ホテルの？」

「そうです」

また、あそこで二人きりになれる。猫たちは足下にいるだろうけれど、だれにも邪魔されずに夢ちゃんと語り合える。部屋の暗さの向こうに、あの廃墟からの素晴らしい眺めが浮かび上がった。幸いにも、翌日の夜はあいていた。

「大丈夫。行けるよ」

「良かった」

夢ちゃんの声に嘘はないような気がした。弾みを帯びたその響きが、ボクをいくらか勇敢にさせてしまった。これまで聞けないでいたことをとうとう口にしてしまったのだ。

「夢ちゃん、もし良かったら、電話番号を教えてくれないかな」

不安がなかったわけではないが、「はい」と応じてくれるものだとボクは思っていた。でも、夢ちゃんはそこで押し黙った。そして小さく、「ごめんなさい」と来た。

「どうして?」

ボクの正直な反応だった。

「あの、今はちょっと……ごめんなさい」

「うん」

「とにかく、明日来てくれるんですよね」

「うん」

「楽しみにしています。すごく楽しみにしています。それでは」

「はい」

受話器が丁寧に置かれる音がして、電話は切れた。番号を教えてもらえなかったことの驚きが大きく、ボクの体の半分はまた深淵に引きずりこまれてしまった。

「なに……なんで?」

頭の真ん中がツンと痛んだ。

「やっぱり、だれかと……」

暗い天井を見つめながら、池袋にあるという夢ちゃんの部屋を想像した。同居人が友人なら、夢ちゃんは番号を教えてくれたはずだ。それができないのは、相手がきっと特別な人だからだろう。

夢ちゃんが捜し続けているショウ太というハンサムな猫のことを思った。人間のショウ太は、意外にも彼女のすぐそばにいるのではないか。

温かなものに包んでもらって目を覚ましたような感覚があったのに、今や冷たい窓ガラスに触れているような気分だった。ボクは布団を頭までかぶり、目をつぶった。体まで縮んだみたいだった。それでもボクは、夢ちゃんが放った「楽しみにしています」という言葉にすがろうとしていた。


翌日、占い師の言葉にも似た猫の詩をいくつか書いてから、ボクは花梨花に向かった。夢ちゃんはいつもと変わらない仄かな笑顔で迎えてくれ、カウンターの空いている席を指さした。「山ちゃん、あけましておめでとうだなあ！」と焼き台の前に座ったヒヨドリの巣が声をかけてきた。その横には軽く手を挙げる下駄ロックとナターシャさんがいた。

夢ちゃんが指さしたのは、演出家と富士山ひげの横だった。二人が真面目な顔で話をしていたので、きっと面倒なことになるなと思い、ボクは一番奥の席に腰かけた。レジ台の前、冷蔵庫に貼られた猫の家族図がよく見える場所だ。

「チェッカーズ、解散しちゃったな」

ボクの横には、イサオさんが座っていた。指が震えている。きっと早い時間から飲んでいたのだろう。

「あ、そうらしいですね」

「紅白観た?」

「いや、他の局で仕事だったもので」

イサオさんは震える人差し指をボクの前で立てた。話をちゃんと聞けよ、というポーズだった。

「山ちゃんは、いつも忙しいなあ。忙しいというのは、心を亡くすと書くんだよ。いつも忙しいのは、誇れることじゃないんだぞ」

わかってますよ、と思ったが、敢えて言い訳はせず、ボクは夢ちゃんに焼き鳥の盛り合わせとホッピーを頼んだ。

「ユーゴスラビアも解散しちゃったなあ。解散すると、戦争になっちゃうんだよな」

チェッカーズとユーゴスラビアを同列に扱うのもどうかと思ったが、「そうですね」と相づちを打った。

「サラエボがあんなになっちゃうなんて、オリンピックのときは想像もしてませんでしたよね」

「本当だ。いつなにが起きるのか、だれにもわからない。それだけがこの世の真実だよ。だから、隣り合う者どうしはなるべくなら仲良くしておいた方がいい」

強引な持っていき方だと思ったが、夢ちゃんが差し出してくれたホッピーのジョッキを持ち、ボクはイサオさんと乾杯をした。

イサオさんはその後も、カンボジア内戦から『クイズダービー』の終了まで、振れ幅の大きな話をした。カウンター席の真ん中では思った通り、自衛隊のＰＫＯでの役割について演出家と富士山ひげが口論し、双方ともに立ち上がるという見世物があった。ただ、いいタイミングで入ってきたラーさんが笛を吹いたことで場は丸く収まり、雰囲気としてはいつもと変わらない花梨花となった。

この夜は「猫じゃん」をやろうと言いだす客がいなかった。ボクはイサオさんのまとまりのない話を聞きながら、時折窓に目をやった。現れた猫は三匹だった。茶トラの花代とサビ猫のアネゴ、そして黒猫のポップだ。

猫の家族図でいちいち確認しなくても、ボクはもうたいていの猫ならわかるようになっていた。ポップは先日詩を書いたばかりだ。今日は豆太郎やサビ猫のルー子のささやきを想像しながら文字をひねり出した。ルー子は一度も見かけたことがなかったが、夢ちゃんのイラストだけで判断するなら、良い運気を感じさせる猫だった。

十時頃、ボクはお勘定を頼んだ。夢ちゃんはいつもと変わらない表情でレジ前に立ち、焼き鳥盛り合わせ一皿、焼きピーマン一皿、ホッピー四杯の計算をしてくれた。お金を払うときに目が合った。ボクは唇だけをわずかに動かし、「あとで」と信号を送った。夢ちゃんはかすかにうなずき、また焼き台の方へと戻っていった。

廃墟を囲む鉄柵のそばで待っていると、スパンコールのミニスカートを穿いたザクロさんが、同じような恰好をした女装マニアの男性と手をつないで現れた。二人ともこの寒空に足を出している。「寒くないですか？」と聞くと、ザクロさんは「体のなか燃えてるから大丈夫よ」と腰を振り、もう一人が「火がついちゃうわよ」とおどけてみせた。

退屈しない程度に待ったところで、夢ちゃんがやってきた。今夜も革ジャンを羽織っている。

「待たせてすいません」

「大丈夫。ザクロさんたちにも会ったし」

ボクらはそれから鉄柵に沿って歩き、溝のような通路から廃墟の敷地内に入った。

そして夢ちゃんのペンシルライトの灯りを頼りにエントランスをくぐり、階段を上り、四階の突き当たりの部屋に向かった。

夢ちゃんがドアを開ける前から、ニニャーッと複数の声が重なって聞こえた。猫たちは待っていた。ペンシルライトの光を受けて、トパーズのように、アクアマリンのように、あるいは燃える銅線のように、小さな漁り火のように、それぞれの目が輝きをもって揺れていた。

夢ちゃんはランタンに灯をともし、ペンシルライトを消した。収納からボウルを出し、猫たちの間に置いていく。ボクはキャットフードの袋に手を入れ、そのボウルへ分けていった。豆太郎がいた。花代がいた。ボクの足にまとわりついてくるのはキジトラの専務だった。トトとココは頭をくっつけ合い、もらったばかりのキャットフードを食べ始めた。その様子をすこし離れたところからじっと見ているのは、白猫の女王だ。妊娠しているムクもいた。彼女は大きなお腹を引きずるようにしてボウルに近付き、いちいちボクを見上げた。

すべての猫にキャットフードが行き渡っているのを確認してから、夢ちゃんはまた窓辺に椅子を並べてくれた。眼下に広がる小銀河、ゴールデン街の灯りに支えられた新宿の夜景が今夜も圧倒的だった。

「わざわざ、すいませんでした」

「いや、ここには来たいと思っていたから、誘ってもらってうれしかったよ」

「それなら、私もうれしいです」

そんなふうに言ってくれた夢ちゃんだったが、トルコレストランで見せてくれたようなはっきりとした笑顔が今夜の夢ちゃんにはなかった。薄暗い場所にいるからではなく、以前から気付いていた翳りのようなものが強くなっているとボクには感じられた。

「あの……話したいことは」

「うん」

「この場所のことなんです」

食べ終わったのか、トトとココがやってきて、ボクと夢ちゃんの足に横腹をこすりつけてきた。交互にまとわりついてくる彼らに、ボクらは手を伸ばした。ゴロゴロゴロと咽を鳴らすトトとココ。

「実は、ここの解体が始まるそうなんです」

「え？　その話？」

そうか。夢ちゃんにとってこれは大きな問題だぞと、ボクは一度深く息を吸った。

夢ちゃんは左目でじっとボクを見る。

「どうしようかなって……」

「うん。でも、それは……」

沈黙のあとで、ボクは本音を言った。

「どうしようもないよね」

「そうなんです。どうしようもないんです」

「工事を止めるってわけにもいかないし」

「でも、ここがなくなったら、生きていけない子もいるような気がするんです」

「たとえば？」

「ムクの子供たち。これから生まれてくる子たちです」

「うーん」

「あと、バチももう無理かもしれない。けっこう年をとっているので」

夢ちゃんは、「困ったなあ」と片手を頬に当てた。ボクは腕を組んだ。そして、すこし引っかかったことを聞いてみた。

「でも、夢ちゃん」

「はい」

「ここの解体工事が再開されるって、いったいだれから聞いたの？　あの、前来ていたスーツの三人組？」

「いえ……」

ネニャー、ニニャー、と猫たちの輪唱が始まった。もっとご飯をちょうだいと言い始めたのだ。夢ちゃんはだれから聞いたのかということを答えないまま立ち上がり、キャットフードの袋を取りに行った。

電話番号、教えてくれなかったんだよな。

そのことがまた頭をよぎった。ボクはなにも言わず、キャットフードを配る夢ちゃんを手伝った。そして次になにを言うべきか、どう動くべきかを頭のなかで整理した。

二人で椅子に戻ったあと、ボクはしばらく夜景に目をやった。それからこう切り出した。

「どうしようもないことってあるんだよ、夢ちゃん」

「それは、わかっています」

「自分の目が他人とは違う。すこし違った世界を見ている。そのことで社会から扉を閉ざされてしまう。これだって、どうしようもないことだったんだ」

「そうですね。私が、両親に捨てられたことも」

体のなかで、背骨に沿って黒い煙が立ち上ったような気がした。経験という意味で、ボクと夢ちゃんの間にはあまりに大きな差があった。言うべきじゃなかったと、瞬時に悔いた。でも、黙りこんだボクの気持ちを逆に慮《おもんぱか》ってくれたのか、夢ちゃんはすこし明るささえ帯びた声を発した。

「だから私……詩を書くようになったのかな」

すぐには反応できなかったけれど、ボクは意識的にはっきりとうなずいた。

「そうだね。きっとそうだよ」

伝えておかなければいけないことを、ボクはそこで思い出した。

「うん。しかも、知っていた？」

「なにを？」

「君が詩を読んでくれると、夢を見るんだ」

「え？」

「この間、ココの詩を読んでくれたよね。ボクはあの夜、ココになりきった夢を見た。ココの視線でタンポポに近付いたし、蝶を見たし、流れ星も」

「ほんと？　本当に？」

夢ちゃんが両手を合わせ、すっと背筋を伸ばした。

「本当だよ。夢ちゃんは、だから夢ちゃんなのかなと思った」

「私、うれしい」

ココ、ココ、とボクが連呼したことで、自分が呼ばれたと思ったのか、ココがまた足下にやってきた。夢ちゃんの足に一度擦り寄ってから、すぐそばで腰を下ろした。そして、夜の光を集めたような目でボクを見上げた。

「ココ、ボクは一度、君になりきった夢を見たよ」

ココの頭を撫でると、ニニャーッとひとこえ戻ってきた。

「私、今日も詩を読んでいいですか？」

「もちろん。待ってました。でもね」

「でも？」

「ボクも君からもらった万年筆でいくつか書いてきたんだ。交互に読むのはどう？」

「うわ、あれで書いてくれたんですか」

「うん。書き味抜群」

夢ちゃんはいきなり掌を組んで、額に当てた。その下には柔らかさを取り戻した表情があった。

ボクらは、互いの鞄からノートを取り出した。またキャットフードをくれるのではないかと猫たちが輪唱を始めたが、夢ちゃんはノートを手にしたまま窓辺に立った。

「立って読むの？」

「せっかく二人で読むのなら、そうしませんか？」

「いいけど。なんか、勇気いるね」

新宿の夜の光を受けて立つ夢ちゃんは、花梨花の焼き台の前に立つ夢ちゃんとはずいぶんと違って見えた。すくなくとも、この夢ちゃんの姿はボクにとって新しかった。たとえばそれは、会ったこともないジャンヌダルクの姿をボクに想像させた。歴史に名を残さずとも、革命や紛争のなかで立ち上がった女性たちがどこの国にもいたはずだ。想像に過ぎないけれど、ノートを手にした夢ちゃんは、その女性たちが纏《まと》ったに違いない一種の気高さのようなものを感じさせた。

新宿の夜景を背負って立つ夢ちゃん。足もとに猫たちがまとわりついている夢ちゃん。読みますよ、と表情を切り替えた夢ちゃん。まだ一語も読んでいないのに、すでにボクは酒ではない別のものに酔い始めていた。

「今夜の最初の詩は、花代です」

「花代、花代、君の詩だよ。ちゃんと聞くんだよ」

すこし離れたところで毛繕いしていた花代が、ニニャッと小さく啼いてボクらを見た。

花代

花代はね、知らないの。
生まれたときの、新宿の空の色を。
歌舞伎町のざわめきのざざざを。
なぜ生まれたのかを。なぜ啼くのかを。

花代はね、知らないの。
塀に上るときの、体の柔らかさを。
よっぱらいの間を駆けていく、
うりゃうりゃうりゃ。
筋肉の天才的な計算を。

花代はね、知らないの。
おねだり上手だということを。
それでいて、ちちちと気が短いことを。
猫パンチをもらった相手の痛みを。

でも、花代はね、知っているの。
ゴールデン街のUZUのママなら
隠れてこっそりご飯をくれることを。
KIKIのママなら
一時間たっぷり撫でてくれることを。
にゃにゃ。ねにゃにゃ。

でもやはり、花代はね、知らないの。
まん丸な目のなかに、
鉱物学者も、学芸員も見たことがない、
自ずから輝くサファイアがあることを。
そして今夜も横になり、花代はね、
ににゃにゃ。ねにゃにゃ。
ににゃにゃ。ねにゃにゃ。

読み終えた夢ちゃんは、なにかを謝るかのように両の掌を合わせ、気弱さが入り交じったような微妙な笑顔を見せた。その表情にはたしかな吸引力があり、ボクの拍手はすこし遅れて出た。

「別に拍手は……」

夢ちゃんは照れたように手を泳がせた。

「それと、批評とかもやめませんか。苦しくなっちゃう」

「あ、それは賛成。とにかく初心者には優しくしてね」

「じゃあ、次は山ちゃんの番ですよ」

小さく唸りながらボクは腰を上げた。窓辺に立つ。

「それでは、同じ茶トラの家族で、豆太郎の詩を読みます」

「あ、豆ちゃん。あなたの詩だよ。聞いていてよ」

そばにいた豆太郎を夢ちゃんは強引に抱き寄せた。豆太郎はされるがまま夢ちゃんの膝の上に乗り、あの独特の表情を見せた。口の横から、舌が斜めに出ている。

豆太郎

お饅頭屋さんの屋根の上で
焼き鳥屋さんの提灯の下で
ぼくはなにを見ていると思う？
それは流れだすところと
流れていくところ

新宿を行き交うだれもが
生まれたその日から流れだし
消えゆくその日へ流れていく
ぼくは舌をそろりと出して
流れの向きを感じている

抱擁の声が聞こえるホテルの裏で
カラスたちがゴミを漁る路面の端で
ぼくはなにを見ていると思う？
それは留まらない君と
君を越えて流れていく無数のリズム

ぼくはどこにでも潜りこめる
だって、豆太郎だから
心配することはない
迷ったら、流れに戻るんだ
流れだしたその場所に戻るんだ
ぼく、そこで待っているよ

自分からやめましょうと言ったくせに、読み終わると夢ちゃんは拍手をくれた。そして「へー」と声を長く引っ張った。

「なんか、運命の流れが見えるような」

ボクは頭をかきながら、「そうなんだよ」と苦笑した。

「なんだか……どうしてなんだろう。詩のようなものを書こうとすると、猫たちがなにかをささやいているような気がしてならなくなる。それをそのまま書くと、詩というよりは、占いみたいになっちゃうんだ」

「でも、それ、山ちゃんの個性かも」

「さあ、どうかな」

夢ちゃんが、「豆太郎」と声をかけた。

「可愛い顔して、あなた、そんなところを見てたの？　運命との向き合い方？」

夢ちゃんは豆太郎の頭を包むように撫で、膝の上から床に下ろした。クーンと高い声で豆太郎は一度啼いた。それからココの横で丸くなった。

気付けば、黒猫のバチとポップ、サビ猫のアネゴも部屋に入りこんでいた。夢ちゃんはまた収納まで行き、キャットフードの袋を取り出してきた。今度はボウルではなく、掌にキャットフードをのせ、まだ食べていない彼女らに与えだした。

ボクは椅子に座って、その姿を見ていた。今すぐ立って、夢ちゃんを背後から抱きしめたい気分になった。でも、それをなんとか押しとどめようとして、窓の外へと目を向けた。

月が浮かんでいた。さっきまでは見えていなかったのに、青白い光を放って浮かんでいた。西側に月が傾いたことで、ボクらがいる場所から見えるようになったのだ。

「夢ちゃん、月が見える」

「あ、本当」

月は、新宿の夜景に似合っていた。廃墟の窓辺にもってこいだった。

ボクはふと思った。

月の光はだれもに注いでいるけれど、本当に届いているのは、一人ずつの心のなかなのだ。そしてボクと夢ちゃんは、大勢に向けた公約数としての言葉ではなく、今隣り合うたった一人の相手に対して、それを伝えようとしている。

「では、次は私が行きます」

夢ちゃんはノートをめくり、「もう会えない猫でもいいですか?」と言った。

「聞きたいな。どの猫?」

「スティング」

英国の一人のロックシンガーの顔が浮かんだ。彼からそのままいただいた名前なのだろうか。

「では、読みます」

スティング

駆けていく。止まらずに駆けていく。

新宿の闇、スティングが駆けていく。

す、す、す。
脚音はすでに置いてきぼり、
だれも君には追いつけない。
スティング、残像、スティング。

啼いている。声を越えて啼いている。
影から影へ、区役所通りのビルの裏。
に、に、に。
消えた記憶のなかでも君は啼く。
高い声で、疾走する影に挑む。
スティング、残響、スティング。

見つめている。目でとらえる。
時の粒子の向こう。
る、る、る。
黄金色の眼差し。
炎を宿したゴールド。

スティング、残光、スティング。
私は、君をさがしながら、
命のあるべき姿をようやく思い知る。
ね、ね、ね。
影のなかの一瞬のうごめき。
スティング、残、残、残、スティング。

またも擬音が特徴的だった。控えめな声で淡々と読み始めたものの、「に、に、に」あたりからリズムが生まれ、詩の後半になってその口調は熱を帯びさえした。姿を消してしまったスティングという猫の残像が、今も夢ちゃんの前を駆けていく。その黄金色の眼差しが見えるような読み方だった。

静かに小さく、やはりボクは拍手をしていた。そして批評ではないものの、「スティングの残像がそこらじゅうにあるような気がするよ」と言った。透明で俊敏なスティングの姿が浮かび上がったのは事実だったからだ。

「もう、ずっと会っていない猫なの？」

「はい。いつ現れても、なんの不思議もないような感じがする猫ですけど」

「へー、会ってみたかったなあ。他にも、三毛のエリとか、実際に見てみたかった猫がいるよ」

夢ちゃんはそこで、ボクから左目の視線をはずした。変な間があいた。それがボクに、ふとした疑問を生じさせた。

「ところで、夢ちゃん、いつから花梨花で働いているの？」

スティングとは違う方向にボクの心が走りだしたことを、夢ちゃんは察知したようだった。「あ……」と半分だけ口を開けて、ノートに目を落とした。

「スティングも神秘的だけど、夢ちゃんもずいぶんミステリアスだよ」

それ以上言うなと、自分のなかに湧き上がった声があった。でも、ボクはスティングの詩に出てきた「残、残、残」みたいな気分だった。

「ごめんね、夢ちゃん」

「いえ」

「こうして詩を読み合えるなんて、とてもありがたいことなんだけど、でも、電話番号を教えてくれなかったでしょう。ボクはやっぱりショックだった」

「そう……ですよね」

「聞いていい？」

夢ちゃんは返事をしてくれなかった。胸にノートを当てて、窓辺で突っ立ったまま だ。月光を浴びているせいだろうか、頬が青白く見える。

「好きな人がいるの？」

夢ちゃんはしばらく微動だにしなかったが、下を向いたまま、小さくうなずいた。

「ショウ太という人？」

「はい」

闇がストンと首に落ちてきた感じだった。やはり、想像していた通りだった。今度はボクが動けなくなった。

「でも……もう、いいんです。どこに行っちゃったかわからないので」

「その、ショウ太という人が？」

「人も、猫も」

「そうだったんだね」

聞きたいことが次々浮かんできたが、続けて問いかけようという気持ちはボクから失せていた。夢ちゃんに好きな人がいるなら、ここから先には進むべきではない。ボクはここで帰るべきだと思った。ところが、夢ちゃんは言葉を続けた。

「電話番号を教えなかったこと、わるかったと思っています。私、今ちょっと、事情があって……」

「ひょっとして、結婚しているの？」

「いえ」

夢ちゃんはそこではっきりと首を横に振った。

「私……」

そう言ったきり、口をつぐんでしまった。そして、椅子に座っているボクを正面から見た。ボクを捉えているのはいつもの左目だった。でも、新宿の夜の光をたたえ、きらめきの小舟となっているのは、右を含めた二つの目だった。潤んでいるからだろうか、双方の小舟とも揺れている。

ボクは立ち上がった。夢ちゃんの眼差しがボクの目と胸のあたりを往復した。一歩近付くと、夢ちゃんは視線を泳がせ、顔を横にそむけた。だけど次の一歩で、またボクの顔を見た。

右手を夢ちゃんの背後に回し、そっと引き寄せた。夢ちゃんはノートを落とした。ボクは両腕で夢ちゃんを抱きしめた。

「私……」

夢ちゃんはなにかを言おうとした。でも、ボクはその唇に、自分の唇を重ね合わせた。夢ちゃんもボクの背中に手を回してきた。ボクはさらに強く夢ちゃんを抱きしめた。夢ちゃんが吐息を漏らし、弓なりになった。

「夢ちゃん」

かすかにつぶやいて、ボクは何度も唇を重ねた。

仄かだけれど、遠い旅をしてきた月光がボクら二人を照らしていた。猫たちはボクらを囲み、輪唱することもなく、ただじっと見つめていた。

「夢ちゃん」

「はい」

「二人で、一冊の詩集を作ろう」

口づけをしながら、ボクは夢ちゃんに語りかけた。夢ちゃんはつらそうにも、陶然としているようにもとれる息を吐き、「はい」と答えてくれた。

「猫たちの、詩集?」

「もちろんだよ。この場所がなくなっても、猫たちがここにいたという証」

「どこかに、発表するの?」

「いや、ボクと、夢ちゃんだけの詩集だよ」

「はい」

「タイトルは、なんにしようか?」

「新宿の猫、がいい」

ボクはまたきつく、折れるほどに夢ちゃんを抱きしめた。月光のなかで口づけを交わしながら、ボクはこの空間だけが新宿から切り離され、独立しているように思えて仕方なかった。

猫たちに囲まれて、二人が立っているこの場所。ふと、ここ以外はすべて流砂なのではないかと感じたのだ。

この廃墟だけではなかった。高層ビルだって破壊されてしまえば砂になる。新宿は、時とともに流れていく砂の川なのだ。

でも、とボクは思った。今ここで互いの詩を伝え合い、猫たちの輪のなかで抱きしめ合っているボクらは、すくなくとも生ある限り、消えないものを残そうとしている。残像にはならないなにかを。

十

　数日後、ボクは永沢さんに呼び出された。西麻布の交差点からすこし路地を入ったところにある、こぢんまりとしたバーだった。

　冷たい雨の降る夜だった。天気予報は深夜から雪になる可能性もあると伝えていた。

　なんの用で呼び出されたのか、ボクにはわからなかった。ペン立てをぶつけられた身としては、クビを宣告されてもおかしくない状況だと思っていた。それでもいいとボクは覚悟していた。

　約束の時間にバーの扉を開けると、カウンター席の永沢さんは意外にも笑顔で手招きをしてくれた。隣には、関東でもレギュラー番組を持ち始めた関西のお笑いタレントの男性がいた。ウイスキーの水割りをすでに二人とも何杯かやっているようだった。

「こいつなんですよ、さっき話題にした五百問男」

「わお、五百問さんかいな。おつかれやったなあ。いやー、ごっつい根性やって、ありえない、と思ったが、ボクはタレントに挨拶をしてから永沢さんの横に座り、同じ水割りをオーダーした。

ジョアン・ジルベルトのボサノバが心地よいヴォリュームで流れていた。花梨花とはまったく違う雰囲気の店だった。カウンターのなかの女性二人はモデルらしき容姿だったし、着ているものも高価そうだった。店の調度品はシンプルだったが、グラスからテーブルにいたるまで、すべてお金がかかっていそうだった。客層もまったく違っていた。男性はみな、デザイナーズブランドのスーツを着こなしていたし、女性客も相応に着飾っていた。ボクは一人浮いている感じだった。青山通りで立ち往生して、自動車メーカーの社員たちを眺めていたときのことを思い出した。この店にスパンコールのザクロさんを連れてきたら、ここの人たちはどんな反応をするんだろう。そんなこともちらりと考えた。

「ところで、良かったな」

なにを言われたのかわからず、「はい?」とボクは永沢さんに聞き返していた。

「テレビ赤坂から昨日連絡があって、五百問中、百問以上採用だってさ。立ち上げの特番と、まずはワンクール分、ちゃんとエンディングロールに名前が出る、正式な構成作家として働いてもらいたいって」

「え、本当ですか？」

「君が努力したからやんか。ほんま、えらいわ。年末年始に五百問いうて。そんなん、わしやったら逃げ出しとるで」

初めて会ったタレントなのに、彼はボクみたいな無名の者を持ち上げようとしてくれていた。

「テレビにきちんと名前が出だすと、なにが変わるかわかるか？」

はい、と返事をしたものの、そういう境遇になったことはなかったので、ボクは漠然と「扱いですか」と聞き返した。

「うん。まあ、扱いの一種でもあるけど、まず、ギャラが変わってくる。テレビ赤坂のゴールデンだろう。この一本だけで、毎週お前に十万ずつ入るよ。月に四本として四十万。この一本だけでだぞ。あと三本も持ってみろよ。ウハウハだよ、お前。新宿の破れ提灯の店で飲んでる場合じゃないんだよ」

「ごっついなあ。構成作家いうんは、そんだけ持っていくんかいな。なんやて？　番組四本持ったら、毎月百六十万かいな。うおー、タレントやめて、構成作家なろうかな」

「なにを！　もっと儲けているでしょう！」

二人は子供のように小突き合いながら飲んでいた。気の合う二人なんだなと思った。

　ボクはお金の話で盛り上がっている二人の横で、水割りのグラスに目を落としていた。永沢さんが今話してくれたことは、ボクにとって青天の霹靂、あるいは天変地異にも似たできごとだった。あの屈辱のテレビ赤坂で、エンディングロールに名前が出る正式の構成作家になる。しかもゴールデンのバラエティで。ここまでの道のりを思うと、まるで「猫じゃん」を当てたかのようにガッツポーズをしてもいい話だった。

　でも、ボクのなかには様々な感情が渦巻いていた。これが前進なのか、後退なのかすらわからなかった。

「どうよ。よかったんだろう、お前。なんとか言えよ。俺は感動してんだよ。お前がこうやって一人前になっていくところを見てさ」

「ありがとうございます。おかげさまで」

　さすがにそれだけは言った。だが、あとが続かなかった。言いよどんでいると、永沢さんの目が一瞬細く、鋭くなった。

「なんだよ、お前」

「まあ、ええやんか。山ちゃんいうんか。山ちゃん、おめでとう」

　関西のタレントが永沢さん越しにグラスを差し出してくれた。ボクはそこに自分のグラスを軽く当て、「ありがとうございます」と頭を下げた。

「ほんなら、山ちゃん。その新しいクイズ番組の構成作家として、抱負を語りなさい」

「はい」

にやにや笑うタレントにつられ、永沢さんも笑いだした。「抱負だよ、抱負」とボクの腕を突いてくる。

「あの……大勢の人に向けて番組を作らないといけないと思うんですが、大勢の人っていったいだれだろうと思うんですよね」

「なんだ、お前、それ」

永沢さんの笑いが止まり、顔が微妙に強ばった。だが、タレントは「うん。わかるで」と言い、ぐっと身を乗り出してきた。

「結局、大勢の人も個人の集まりでしかないと思うんです。その個人のだれかの胸に届かないと、ただ騒いでいるだけの番組になってしまうかもしれない。だから、できるなら、たった一人の胸に届けることをまず考えたいと思います」

「かー、なに、しみったれたことを言ってんだ、お前は」

永沢さんは、つぶれたカメムシでも見るような目をボクに向けてきた。

「いつの時代の哲学者だ、お前は？　もうハイビジョン放送ってのが始まろうとしてんだよ。時代はどんどん先に行ってるの！　作家だってこれからは、みんなワープロで書くようになる。そうすりゃ、ワープロ通信っていうのか？　紙に印刷しなくても原稿をやりとりできるようになる。そういう新しい時代を前にして、なにがたった一人の胸に届けるだよ、お前。嘘でもいいから、一千万人を笑わせたいとか、一千万人を泣かせたいとか言ってみろよ」

「いや、そうかな。わし、山ちゃんの言うとうこと、わかるで」

単に永沢さんを鎮めようと思っただけかもしれないが、関西のタレントはボクの顔を見ながら一度深くうなずいた。

「寄席もいっしょや。お客さん全員笑わそう思うたら、的が絞られへん。ステージから客席見て、よっしゃ、こいつを笑わしたろうって一人決めるねん。その方が破壊力が増すいうか、まあ、気持ちを集中できんねんな」

「あー、なんだか二人とも昭和臭いなあ。昭和の匂いプンプンだよ。今は平成なんだからね。わきまえて下さいよ」

永沢さんがそう切り返したことでタレントは笑いだし、なんとなくその場の空気が和らいだ。やはり、タレントになるべくしてなった人なんだなとボクは思った。

そのあとも、永沢さんとタレントは冗談を言い合いながら水割りを何杯かお代わりした。店の女の子も交じり、にぎやかな一角となった。ボクも付き合い、相づちを打つだけではなく、アパートの部屋が工事現場に変わったときの話などを披露した。タレントはカウンターに突っ伏して笑っていた。

永沢さんとまともに向かい合って飲めたのは、ずいぶん久しぶりのような気がした。みんなで笑い合えるなら、この雰囲気も捨てがたいなと思った。

だが、タレントが先に帰ってしまったことで、風向きはまた変わった。本当の天変地異は、その先で待ち構えていた。

ボクと永沢さんはカウンター席で二人きりになった。永沢さんは酔っているようでもあり、そうではないようにも見えた。

「いや、話ってのはさ……」

やはり、呼び出された理由がもうひとつ別にあったのだ。

「例の、猫よ」

「はい」

背中に寒気が走った。

「あの店の、猫のギャンブルの話をさ、シャークスの二人に話したわけ」

人気のお笑いユニットだった。飛ぶ鳥を落とす勢いで、ゴールデンの番組もいくつか持ち始めていた。

「そうしたらさ、すごく気に入っちゃって。どうしても自分たちの番組でやりたいんだってよ。で、その場に曙橋テレビのプロデューサーもいて、そりゃいいなってことになったわけ。聞いてるか？」

「はい」

「だから俺としては、これを実現させたいわけだ。シャークスの番組一本、うちの事務所でもらっちゃう。曙橋のこの枠にも食いこんでいく。で、考えたわけよ。お前、なんか、面倒くさいこと言ってたよなあ。猫やるなら自分にやらせてくれって。その気持ち汲んでやるからさ、だから、お前がやってみろよ」

「猫の、なにをやるんですか？」

「なにをって、あれだよ。あの、猫のギャンブル」

「どこでですか？」

「あの店に決まってるだろう。あの、新宿の汚い店だよ。あそこに若手の芸人ずらっと並べて、猫のギャンブルやるんだ。なんか途方もないもの賭けさせてさ。なんだ？　猫じゃんとかいうんだっけ？　で、あの、店の女も解説役で出ればいいだろう」

そのときが来たことを、ボクは悟った。水割りを一口飲んでから、気持ちを決めた。

「すいません」

さあ、叩けとばかり、ボクは永沢さんに頭を突き出すようにしてつぶやいた。

「申し訳ないです。できません」

「なに？　なんだって？」

「あの店、そういうふうに使ってもらっちゃ困るんです」

「なんだ、お前。あの店の経営者かなんかか？」

軽く一発来た。頭頂部を掌で叩かれた。

「できません」

「なんでだよ？　テレビに出りゃ、店だって助かるだろうによ。客がわんさか集まってくるんだぞ。わかってんのか、お前」

もう一発、後頭部に来る。

この人はあらゆる意味で、やはりテレビの人間なんだ。こういう発想なんだ。そう思って見返した瞬間、今度は初めて頰に来た。パンと派手な音がした。

「ちょっと、なんだよ、あんた。さっきからさ、この人叩いて」

テーブル席で飲んでいたスーツの男が立ち上がった。カウンターで給仕していた女性二人も表情を失い、永沢さんを見ている。

「すいません」

ボクは立ち上がり、店を出ようとした。ボクがいなくなれば、永沢さんも大人しくなるだろうと思ったからだ。だが、この夜の永沢さんは違っていた。酒が回っている上、よほど腹に据えかねていたらしい。

「逃げるなよ！」

まわりへの気遣いなどすでに失していた。目を剥き出し、真っ赤に上気している。ボクはなにも言わずに店の扉を開けて外に出た。

支払いだけは済ませたのか、永沢さんはちょっと遅れて追いかけてきた。

「逃げるなよ！」

同じ言葉を叫びながら、ボクの背中や腕を小突いてくる。慌てて店を出たために、ボクは傘を持っていなかった。永沢さんも忘れてきたようだった。雪混じりのみぞれが降っていた。二人とも濡れ始めていた。

「お前、俺の気持ちわかってるのか。どんなに下手に出てゴールデン取ってやったと思っているんだよ。俺のなにが不満なんだよ！」

永沢さんは荒い息を吐きながら、ボクにしがみついてきた。胸ぐらをつかみ、路面に倒そうとする。気付けば、ボクの鼻からは血が垂れていた。ダウンジャケットの胸から腹にかけて真っ赤に染まっていた。

「お前、感謝ってもんがないのか。俺のことも、視聴者も、自分よりひとつ下に見てるんだろう。それで世の中渡っていけると思ってるのか！」

永沢さんはどうしてもボクを路面に突き倒したいようだった。

「お前、あのロンパリの女と出来てるんじゃないのか。だから面倒臭いことを言ってるんだろう！」

店を出てから、初めてボクは足を止めた。青山墓地のすぐそばだった。降りしきるみぞれの冷たさも感じなかった。

「なんの女ですって？」

ボクは永沢さんの前に立ちはだかった。

「ロンパリの女だよ！」

正面から一発、ボクは永沢さんの顔を殴りつけていた。拳にいやな感触があった。永沢さんは尻餅をつくようにして、ゆっくりと崩れ落ちた。濡れた路面に転がり、大の字になっている。永沢さんの鼻からも血が流れだした。暗い空から落ちてくるみぞれの粒が、あふれる血に模様を作っていった。倒れたままの永沢さんは口をあけ、ただボクを見ていた。目を開いたり、細めたりしながら、ただボクを見ていた。

たぶんボクは、血だらけの顔で泣いていたのだと思う。

「これまで、ありがとうございました。本当に、ありがとうございました」

精一杯の言葉だった。

そのまま、青山墓地のなかへと入っていった。永沢さんはもう追いかけてこなかった。

林立する墓石のシルエットのなか、ボクは涙まじりの鼻血を手でぬぐいながら歩き続けた。

青山通りに近付くと公衆トイレがあったので、そこで顔を洗った。血だらけのダウンジャケットは丸めて抱えこんだ。そしてタクシーで高田馬場のアパートまで戻った。

花梨花に行きたいなと思った。でも、すでに日付が変わっている時間だった。厨房にいるのは夢ちゃんではなくイサオさんだった。

本当に会いたいのは、やはり夢ちゃんなのだと思った。だけど夢ちゃんは、池袋のアパートで……。

そこから先は、想像したくなかった。


それから一週間ほど、ボクは部屋にこもった。体中が痛かった。事務所のモリさんからは一度だけ電話があった。

「永沢さん、相当ショックだったみたいだよ」

受話器に口を近付けてささやいているのか、モリさんの声は聞き取りにくかった。

「これまで君を何百発も小突いているんだから、当然の報いだけどさ」と、モリさんは続けた。

「それで、やめるの？　事務所をやめると仕事は全部なくなっちゃうし、今後テレビの世界で生きていくことも厳しくなるよ」

「はい、わかってます。モリさん、お世話になりました。ありがとうございました」

ボクはそう答えて、電話を切った。

また食いつないでいく生活に戻る。でも、ボクはどこかでせいせいもしていた。部屋が工事現場になった頃と違い、ボクには若干の貯えがあった。貯金をしようと思っていたわけではない。新宿で飲みはしたが、ほとんど休みなしで働いたので自然と貯まっていたのだ。

三ヶ月ほどなら、アルバイトをせずとも生きていけそうだった。題材はまだ決めていなかったけれど、ボクはまた、脚本をひとつ仕上げてみようと思った。テレビじゃなくてもいい。映画でも、舞台でも、朗読劇でもいいと思った。それからもうひとつ、猫の詩をすこしずつ書いていこう。これは心に決めていた。

猫の家族図のなかの会ったことがない猫たちについてもボクはイメージをふくらませていきたかった。ハチワレのショウ太はもちろん、茶トラの大次郎やサビ猫のルー子にも興味があった。三毛猫のエリもだ。

純粋な三毛猫に、ボクは最近会った記憶がなかった。単純に見てみたいと思ったし、夢ちゃんが家族図に書きこんだ「オッドアイ」という文字も気になっていた。たしか、デヴィッド・ボウイのように、左右の目の色が違う人のことをこう呼ぶはずだった。おそらく三毛のエリの目も、左と右で異なる輝きを持っていたのだろう。

夜はどんなふうに見える猫だったのだろう。エリが花梨花の窓に現れると、客はさぞかし喜んだに違いない。

今度花梨花に行ったら、いや、あの廃墟の空間で二人きりになったら、夢ちゃんにエリのことを聞いてみようと思った。たとえ夢ちゃんが断片的なことしか言わなかったとしても、そこからイメージをふくらませることはできるような気がした。エリについて言葉を並べていくのはそれからでいい。

体の痛みがとれ、天気も回復し、久々に外を歩こうと思った日、ボクは四谷の若葉ラジオのプロデューサーから電話を受けた。

「君、永沢さんのところ、クビになったんだってね」

ボクはだれもいない自分の部屋で、「そうなんですよ。すいません」と頭を下げた。

「こういう場合はね、永沢さんに義理を立てて、うちもやめてもらうというのが慣例なんだよ」

「はい。そうですよね」

「でもね、恥ずかしい話なんだけど、うちは人員が足りなくて困ってるんだよ。永沢さんに喧嘩を売ろうとは思わないが、できれば残ってくれないかな」

「え?」

「ギャラはこれまで通りで申し訳ない。ただ、個人契約ということになれば、事務所の取り分がなくなるから、これまでの倍くらいの額になると思うよ。それから、報道部からも君が欲しいという声があってね。できれば、報道番組の方も手伝って欲しいんだ。これはこれで、別のギャラを組むから」

「あの……本当ですか?」

「本当もなにも、休まれたら痛いのはこっちなんだよ。明日からまた戻ってくれるかな。なるべく早く復帰してちょうだい」

ボクは繰り返し礼を言って、電話を切った。

贅沢さえしなければ、これで生活は維持していける。いや、そんなことよりもなによりも、業界のしきたりのようなものを破ってボクをつなぎ止めようとしてくれた若葉ラジオのプロデューサーに胸が熱くなった。

正直な話、一度ゼロに戻ってしまったボクのこれからの人生に、構成作家という職業はないものだと思っていた。スタジオの横の長机で時間勝負のニュース原稿を書き連ねるような日々も、もうないはずだった。だけど、この状況下で手を差し伸べてくれた若葉ラジオのためなら、いくらでもまたその仕事をこなせそうな気がした。

ラジオ業界も当然熾烈だった。視聴率競争に命がけのテレビとさほど変わらない。

しかしどういうわけか、威圧的な人間にはあまり会わない業界だった。夢ちゃんの言葉を借りるなら、漠然と大勢を相手にするのではなく、一対一の関係をもって声を届けようとしている。それが、ラジオという媒体の性格でもあるような気がした。

これまでのレギュラー番組に報道部の手伝い。それでも週の半分ほどは休みになるだろう。脚本と詩を書く時間はたっぷりある。見せんがためのクイズ作りに追われることもない。むしろ、理想的な生活が始まったという実感すらあった。

翌日、ボクはまだ暗いうちにアパートを出て、若葉ラジオに徒歩で向かった。高田馬場から四谷まではけっこうな距離だったが、夜明けを待ちながらのその一歩ずつが、ボクの人生に於けるあらたな日の出と重なり合っているように思えてならなかった。途中、早稲田通りできちんとお座りをしているキジトラの猫と出会った。

「おはよう」と声をかけると、小さな声で、ニニャーッと啼いた。

若葉ラジオのスタッフはみんな温かく迎えてくれた。小気味よいテンポで番組は進み、ブレークコーナーに出演したゲストの女性歌手もにこやかな表情でスタジオをあとにした。番組終了後にみんなで食べたそぼろ弁当がしみじみとうまかった。

少々の休憩のあと、ボクは報道部に向かった。ドーナッツ状の円卓に報道部員たちが数名腰かけ、アナウンサーのニュース原稿を書いていた。ニュースは毎時ゼロ分からのナマ放送となるので、アナウンサーが読み上げる新しい原稿を常に用意しなければいけない。報道スタジオの横には首都圏のテレビ局すべてのモニターがあり、その下の長机には大型の8ビットパソコンやワードプロセッサーが並んでいた。端でカシャカシャと音を立てているのは、大手通信社からのニュース原稿を受け取っている二台のファクシミリだった。

「よく来てくれたね」

ボクを推したという白髪交じりの報道部員が手を差し出してきた。「ありがとうございます」とボクは彼の手を握り返した。

報道部員は、「地味な仕事で申し訳ないのだけれど」と前置きをして、ボクをファクシミリの前に導いた。

「ご覧の通り、通信社からこうしてニュース原稿が流れてくる。この長い紙の帯のなかから、伝えるべき事件や事故を選んで、番組内のラインナップを組んでいくんだよ。必要ならば補足取材をして原稿にまとめ直す。それをアナウンサーが読む。解説者が深く掘り下げる。それが基本だよ。ただ、そればかりが報道番組じゃない。たいして重要だとは思えないできごとでも、人の心を和らげるようなニュースがあるものでね。たとえば、団地の植込みの雑草対策でヤギを飼ったら、子供たちのアイドルになったとか、通学路の緑のおばさんを四十年務めた人が明日引退するとか、そうしたニュースも実は必要なんだ。特に報道ワイド番組ではね」

生き物のようにうごめくファクシミリの紙の帯の前から、報道部員はボクを連れて隣の小部屋に移った。

「君の仕事はこれなんだ」

その部屋には小さな机と椅子がひとつずつあった。そして、大きな段ボール箱のなかに紙の帯が折られて積んであった。

「通信社が送ってくる一週間分のニュースだ。すでに報道したニュースは赤で囲んである。それ以外のものに目を通して、報道ワイドで使えそうな、心温まるネタを探して欲しい。どんなに小さなニュースでもいい。どんなに追加取材をしてもいい。できれば一日につき三本くらいの割合で見つけ出して、ニュース原稿として完成させて欲しい。君のような若者にこんな仕事をさせるのは申し訳ないと思うんだけど」

「いいえ。喜んでやらせてもらいます」

ボクは無理をしてそう言ったわけではなかった。折られて積まれたこの細長い紙のなかに、世の中で起きていることの、人間が起こしていることの確実な現れがあるような気がした。人間とはなにかということをそこから推し量ることができれば、脚本を書くための土台作りにもなる。詩的な刺激もどこかで受け取れるかもしれない。それに、一人で追加取材をして原稿を書けるというのが良かった。作業部屋はとても小さかったけれど、そこからどこへでも行ける道が延びているような気がした。
試しにやってみてと報道部員に言われ、ボクは昨日今日二日分のファクシミリ原稿の束を机に置いた。そして昨日の午前零時からのニュースをひとつずつ追っていった。世の中を騒がせている事件や政争から、軽傷者のみの交通事故まですべて並んでいる。赤で囲っていないものだけとはいえ、たしかにこれをチェックしていくのはなかなかたいへんな仕事だとすぐにわかった。ある種のリズムをもって読んでいくことが必要だと思われた。
ところが、今日午前三時に入ってきたニュースに目を通しているうち、紙をたぐっていたボクの指は止まった。すでに赤で囲まれたニュースのなかに、「花梨花」という文字を見つけたような気がしたからだ。一瞬、わずかに視界が霞んだ。

昨夜、新宿区内の居酒屋「花梨花」で、女性店員が刃物で客を刺す傷害事件が発生した。店員は居合わせた客らによって押さえつけられ、駆けつけた新宿署員に引き渡された。腰を刺された客は重傷。逮捕されたのは、店員の村井えり容疑者（二十二）。なぜ客を刺すに及んだのか、同署ではその動機を含め、取り調べている。

なにかの間違いじゃないかとボクは何度も読み直した。あるいは、新宿区内にもう一軒の花梨花があるのだと信じようとした。だって、ボクは村井えりという名の店員を知らなかった。

でも、このニュース原稿の下には、居酒屋「花梨花」の住所と電話番号が、ボールペンで記されていた。報道部のだれかが書き付けたものだった。その住所は、冷蔵庫に猫の家族図が貼られたあの花梨花のものだった。

それなら、村井えりという人は？

ボクはファクシミリ原稿をつかんだまま、円卓まで走った。仕事の説明をしてくれた報道部員が、どうした？　という顔で見る。

「すいません。このニュースなんですけど、赤字で囲ってあるのは、放送したということですよね」

報道部員がファクシミリ原稿をつかむ。

「ああ、これね。今朝、放送したよ。ゴールデン街のそばだよね、この店」

「はい、たぶん」

「その後、なんの情報も入ってきてないけれど、どうしちゃったんだろうね。若い女の子が刃物で客を刺すなんて、なんかよほどの理由があったんだろうけれど。なに、知ってる店？」

「ええ、まあ」

「そう。行ってあげれば、今夜でも」
「はい」
それからボクは作業部屋に戻ったのだが、仕事に集中することはもうできなかった。

しばらく花梨花には行っていない。夢ちゃんから電話もなかった。容疑者の村井えりという人は、ここ数日の間に新しく入ったアルバイトの女性に違いない。そう思おうと努めた。年齢が夢ちゃんと同じなのは単なる偶然だ。きっとそうだ。今頃夢ちゃんは、経営者のイサオさんといっしょに、たいへんなことになっちゃいましたねと思案顔をしているはずだ。その光景なら想像できる。ボクは報道部と約束した作業時間終了の午後五時をひたすらに待った。

靖国通りでタクシーを降りると、新宿の空はすでに暗く、街には灯りが連なっていた。花園神社の境内を突っ切り、ゴールデン街を斜めに見ながら階段を下りた。すこし歩いたところでボクは足を止めた。景色が変わっていたのだ。ゴールデン街の向こうに見えていた廃墟が姿を消していた。そこはなにもない空間となり、百メートルほど離れた歌舞伎町のラブホテル街が見渡せるようになっていた。

解体工事とは、こんなにも短期間で行われるものなのか。

ボクと夢ちゃんが抱きしめ合った部屋。猫たちに囲まれて唇を重ねた場所。いっしょに詩集を作ろうと約束したあの薄暗がりが、完全に消滅していた。

あのとき予感した流砂の世界。それが現実のものとなった。廃墟は消えた。見下ろすことができたゴールデン街の夜景とともに、すべては砂に戻った。

そしてボクは、花梨花の前に立っていた。店は閉じられていた。「しばらく休みます」と筆文字で書かれた紙がガラス戸に貼り付けてあった。

冷たい風が道を通り抜けていった。ボクはただそこに立っていた。立ち続けていた。

きっと、だれかがやってくるはずだと思った。常連客のだれか一人でも来れば、なにが起きたのかを教えてもらえるはずだ。

いや、その前にきっと、夢ちゃんが来るだろう。「迷惑かけちゃってすいません」なんて言いながら、店のなかに入れてくれるはずだ。

とにかく、ここで待つべきだ。だれかが来るまで。

声をかけられたとき、ボクは花梨花のガラス戸に背をもたせかけて目をつぶっていた。いや、すこしまどろんでいたのかもしれない。

目の前に、イサオさんとナターシャさんがいた。二人はボクの顔を覗きこんだ。

「ごめん。今日は営業できないんだよ」

イサオさんが申し訳なさそうに言った。

「はい。それはわかっているんですが」

「夢ちゃんが、たいへんなことをしちゃってさ」

イサオさんは、はっきりとそう言った。

「夢ちゃんが？」

ボクが聞き返すと、ナターシャさんが目をつぶるようにしてうなずいた。

「でも、ニュースだと、村井えりという名前の人が……」

「ああ、夢ちゃんの本名、それ」

「そんな」

「なにが起きたか、知ってるのね？」

「まあ」

ナターシャさんに言われて、ボクは曖昧な返事をした。わかっていないとイサオさんは思ったのだろう。被害者の名前を彼は出した。

「今俺たちも警察の事情聴取から戻ってきたところなんだよ。夢ちゃんが刺したのは、佐々木さんだよ。命に別状はないそうだけど」

ヒヨドリの巣の本名だった。

「どうして?」

うん、とイサオさんは腕を組んだ。

「どうしてかな。これから徐々にわかっていくのかな」

「私、わかりますけどね。思うところは今、事情聴取で言ってきた」

「そうなの?」

声が出なくなっているボクの前で、イサオさんはナターシャさんの顔を見た。

「やっぱり、いっしょに暮らしていて、いろいろあったのかな」

そのイサオさんの言葉に対し、「それもあるかもしれないけど」とナターシャさんはすこしうつむいた。

ボクの頭のなかに突然黒い粒のようなものが現れ、瞬時にそれは大きくふくらんだ。

「いっしょにって、だれがですか?」

「知らなかったの?」

ナターシャさんが上目遣いでボクを見た。

「夢ちゃんと佐々木さん、池袋でいっしょに暮らしていたのよ」

「まあ、これにはさ、いろいろ深い理由があるんだよ」

棒のように突っ立っているボクの肩にイサオさんが手を置いた。飲んでないからか、イサオさんの指は震えていなかった。

「現場検証も事情聴取も終わったし、じゃあ、ちょっとなかで飲むか。これからのことを考えなきゃいけないしなあ」

イサオさんはガラス戸に鍵を差しこんで開けた。手招きされるまま、ボクは花梨花のなかに入った。灯りがついた。厨房にだれもいない花梨花は初めてだった。冷蔵庫には猫の家族図が貼り付けられたままだった。

十一

あの日のことは、今振り返っても胸の底にざわめきを覚える。家族図の猫たちの表情も違って見えた。「どうしよう。困ったことになっちゃったね」と、頼りなげな眼差しを向けてきたように思えたのだ。

「夢ちゃん、施設で育ったんだよ」

カウンター席に座ってすぐ、イサオさんはいきなりそれを言った。

秘密を漏らすというよりは、どこかに怒りがこもったようなぶっきらぼうな口調だった。

そうね、とナターシャさん。その横でボクも無言でうなずいた。

「知ってたの？」

ホッピーの泡立つジョッキを差し出しながら、イサオさんの目はボクに絡んだ。

「はい」

「どうして？」

「本人から聞きました」

そう？　とイサオさんは首をひねり、ホッピーを一口呷った。

「ああいう施設というのは、だいたい十八歳までしかいられないんだよ。夢ちゃん、高校も途中でやめちゃったみたいで、一人ぼっちで東京に出てきたんだ。亡くなったおばあちゃんの知り合いというのを頼ってね。それで、上野の菓子問屋で働き始めたんだ。未成年だったんだけど、夜はカラオケバーも手伝っていたみたいで。そこで佐々木さんと知り合ったんだよ」

ヒヨドリの巣の金歯が目の前にちらついた。

「佐々木さんにしてみれば、自分の子供くらいの年齢になるわけだけど、まあ、いとおしくなっちゃったんだろうなあ。夢ちゃんが苦労しているってことも知っていたし。夢ちゃんは夢ちゃんで、佐々木さんを頼ったんだ。実は夢ちゃん、そのときにも事件を起こしちゃってね」

「あ、それ、本人から聞いたことある」

うつむき加減だったナターシャさんがそこで顔を上げたが、ボクは胸のなかで、「聞いたことないよ」と言い返していた。

イサオさんとナターシャさんは、そこですこし声をひそめた。

「相手がわるいんだけどさ、そのアルバイトしていたカラオケバーで、夢ちゃん、経営者に襲われちゃったんだよ」

「閉店後に夢ちゃんが掃除をしていたら、背後からいきなり。そう聞いてますけど」

「そうそう。それで、体触られてさ。夢ちゃん抵抗して、近くにあったフォークだったかナイフだったかで、そいつの首のあたりを刺しちゃったんだよ。相手は首を押さえてもがいているし、すごい出血量だし、これは死ぬんじゃないかと思って、夢ちゃん自ら、救急車と警察を呼んだんだって。まあ、そいつは助かったんだけど、あとでさ、同意の上の行為だったって言い張ったんだって。結局そいつは書類送検されてね。でも、夢ちゃんも傷害で捕まったんだ」

「え、おかしい。だって、正当防衛じゃないですか、それ」

ボクは当たり前のことを言ったつもりだったが、イサオさんは曖昧な声を放った。

「そう思うよ。だけど、刺したってことは事実なわけで、それはそれで別個に問われるらしい」

「そんな」

「俺も、そのあたりの詳しいことはよくわからない。とにかく、夢ちゃんも書類送検されて、保護観察処分になった。そのときに、毎日夢ちゃんの前に現れて支えたのが佐々木さんだったんだよ。うちで働くようになったのも佐々木さんの紹介だった。三年前、十九歳のときだったね、夢ちゃんがここに来てくれたのは。いろいろなつらい経験をしたからだろうけれど、最初は人をまったく信じない子だった」

ボクの知らなかった夢ちゃんが、イサオさんの語る言葉によって生々しく浮かび上がってきた。男につかまれた肌の跡や、苦しげな声までがそばにあるようで、ボクは一度力を入れて目をつぶった。

「親に縁のない子だったから、佐々木さんのこと、お父さんみたいに思ったんじゃないかなあ」

ナターシャさんの言葉にイサオさんはうなずかなかった。ホッピーをぐいっと飲み、空いたジョッキをカウンターに置いた。

「結局は、男と女だからさ。家庭を持ってる佐々木さんがだよ、わざわざ池袋にアパートまで借りて夢ちゃんを囲ったってことは、若い女を抱いてみたいって思いがあったからだろう。佐々木さん、女には優しいから、夢ちゃんも年の差はあまり気にならなかったんじゃないかなあ」

そういう言い方はやめて欲しいと思った。ボクの胸のなかで精一杯に咲いていた花が、足蹴にされていくような感じだった。

「だけど、夢ちゃん、好きな人がいたんですよね」

イサオさんのそれ以上の言葉を止めようとして、ボクはそう言ったのかもしれなかった。

「好きな人って?」

どうして知ってるの？　とまた聞かれることを覚悟しながら、ボクはイサオさんに言い返していた。

「猫の名前にもなっていますよ。ショウ太って人」

ああ、とイサオさんは頭を振った。「その名前ねえ……」とナターシャさんが目を瞬かせた。

「それ、夢ちゃんの弟さんの名前よ」

「弟さん？」

「そうよ。ひとつ違いの弟さんで、お母さんのところにいたみたいなんだけど、その弟さんもね、お母さんの再婚相手とうまくいかなくて、中学を出たあと家出しちゃったんですって。それ以降、夢ちゃんとも音信不通になっちゃったみたい。生きてるのか死んでるのかもわからないって、夢ちゃん言ってたわ」

ボクはもう一度口のなかで、「弟さん？」と繰り返した。

「そうよ。夢ちゃん、私といるときに酔っぱらって何度か言ったの。奇麗な顔立ちをした弟さんだったって。ずっと捜しているんだけど、本当にわからないんだって、どこにいるのか」

「なんだかなあ。ずいぶん厳しい環境だよなあ、夢ちゃん」

イサオさんが大きな溜め息をついた。

「夢ちゃんも一度はさ、佐々木さんのことをいいと思ったから世話になったんだろうけど、年の差はともかく、地上げのブローカーと詩人志望の女の子じゃ、うまくいくはずないよなあ」

「そうねえ。でも、昨日のことは、やっぱり佐々木さんがわるいですよ」

「俺はその修羅場を見てないので、なんとも言えないんだけど」

そこから先は聞きたくないといった表情のイサオさんだった。でも、ナターシャさんは言い切った。

「いえ、ひどいのは佐々木さんです」

ボクはもう我慢できなかった。

「なにがあったんですか？」

「私、今日事情聴取を受けたのは、その現場にいたからなのよ。昨日は他にも、ハガネさんとか、ラーさんとかいてね。で、このあたりで、なんだかいやな感じがする連中と佐々木さんがつるんでたの」

ナターシャさんがカウンター席の端の方を指さした。

「でっかい声の人たちで、なにを話しているか聞こえてくるのよ。どうやら、前のほら、解体工事されたラブホテルの話をしていたみたいで。あそこ、このあたりの猫たちのねぐらになっていたんだって。工事を始める前になかの検査をしたら、猫たちがいっぱいいて、それで、キャットフードの袋とかもたくさん出てきたらしいのね。立入禁止にしているのに困ったもんだって。人間が餌をやるから汚い野良猫が増えるんだって、一人の男の人が怒っていてね。でも、その男の人が、それにしてもあんた、よくあんなことできるなって言ったの。佐々木さんに向かって」

イサオさんがそこで首を突き出した。

「なんて言ったの？」

「子猫たちが生まれていたらしいのよ。廃墟のどこかで。まだ目もあいていない子猫たちよ。母猫が飛びかかってきたらしいんだけどそれを追い払って。でも、あの人たちもさすがにどうしようかって悩んだらしいのね。大人の猫なら、現場から追い出してもなんとか生きていけるでしょう。だけど、生まれたばかりの子猫たちよ」

ボクは冷蔵庫に貼られた家族図に目をやった。サバトラのムクの顔を見た。

「区役所に電話をすれば処理してくれるんじゃないかって、そう言った人がいたらしいんだけど、佐々木さん、そんなの面倒だって。レジ袋に子猫たちをつかんで入れて、ぎゅっと締めて、窒息させちゃったんだって」

「うわ、本当？」

イサオさんは反応したが、ボクは咽になにかが詰まったようになった。

「そうしたら、厨房の真ん中にいた夢ちゃんが、本当なの？　本当なの？　って騒ぎ始めて。ちょっと手がつけられない感じになっちゃったのよ。わっと泣きだして。あのとき、佐々木さんも謝れば良かったと思うんだけど、なんかいきなり夢ちゃんを怒鳴りつけてね。お前、猫臭いとか、うるせえ、猫女とか、そういうことを言いだしたの。そうしたら夢ちゃん包丁持っていきなり厨房から出てきちゃって、それを止めようとした佐々木さんの掌の上からお腹を刺しちゃったのね。掌、貫通したみたい。あとはみんなで夢ちゃんを押さえつけて、救急車と警察を呼んで……」

「それ、全部さっきの事情聴取で言った？」

「うん。言った。調書に書いてもらった。警官がね、その廃墟のなかで猫に餌をあげていたのは、村井えりかもしれないねって。でもさ、なんでこんなことにならなきゃいけないわけ？」

　声が震えたと思ったら、ナターシャさんは目頭を指で押さえていた。

「まったくだよ。夢ちゃん、いつもなにもわるいことしていないのに。今、夢ちゃん、どうしてるかな。不安だろうな」

　イサオさんの声もそこで詰まった。

　ボクは黙って、猫の家族図を見つめていた。豆太郎や、社長や、トトやココ。そして、ムク。猫たちの顔がにじんで仕方なかった。

　でも、泣いてばかりいるわけにはいかないとも思った。

夢ちゃんを取り戻そう。そう強く思った。

だけど、その思いは通じなかった。

逮捕されてからしばらくは面会もできないのだと初めて知った。ましてやボクは夢ちゃんの家族ではなく、花梨花の従業員でもなかった。第三者から見れば、ボクは彼女がアルバイトをしていた店の、単なる客でしかなかった。許可はなかなか下りなかった。

初めての面会がかなったのは、イサオさんの友人の弁護士が付くことになり、夢ちゃん本人が拘置所に移送されたあとだった。

厚いアクリルボードを挟んで、ボクはようやく夢ちゃんに会うことができた。そうした場所は経験がなかったし、溜まりに溜まった思いもあったので、ボクは刑務官に案内されながら何度も落涙しそうになった。でも、黒いスエットの上下で現れた夢ちゃんは、ボクと向き合おうとせず、ずっと目をそらしていた。そばに刑務官がいるからかもしれないとも思ったが、夢ちゃんはボクのどんな言葉にも反応してくれなかった。

あのときの表情だと思った。偶然にガラス戸を開けて入った、初めての花梨花。表情のない人だな、笑わない人だなと思ったあのときの夢ちゃんがそこにいた。

刑務官がメモを取っているので、ボクは猫たちについてはいっさい語らなかった。猫の家族図や詩集についてもまったく触れなかった。ただ、こう言ったのだ。

「すべて終わって、また会えるようになったら、トルコ料理を食べに行こうね」

夢ちゃんはうなずくわけでもなく、左目をすこし泳がせた。そして、ボクのそばにいる刑務官に向けて言った。もちろんボクにもはっきりと聞こえる声で。

「すいません。この人、そんなに親しい人じゃないので、こういうの、困るんです」

あれ？　と刑務官は首をひねり、「どうしますか？」とボクの顔を見た。

「夢ちゃん……」

ボクは起きていることが信じられなくて、アクリルボードに指で触れた。そこでようやく夢ちゃんはボクと目を合わせた。

「迷惑なので、もう来ないでもらえますか」

やはり左目がボクを捉えていたけれど、冷徹な、なんの輝きもない瞳だった。

ボクは空気を飲むように何度かうなずき、「ご迷惑かけました」と椅子から立ち上がった。夢ちゃんもアクリルボードの向こうで腰を上げ、別の刑務官に促されるように通路を戻っていった。

その帰り道のことはほとんど覚えていない。ボクは新宿にも高田馬場にも戻らず、知らない街の知らない店で酒を飲み、その近くにあった知らない公園のベンチで、星を見ながら寝たのだった。

いったい、夢ちゃんのなかでなにが起きていたのか。そのときのボクにはまったくわからなかった。廃墟のなかで互いに見つめ合った時間が、流砂に飲まれて消えてしまったような気がした。崩れ落ち、砂粒と化して流れていくのは新宿という街だけではなかった。強く信じ合ったはずのボクらも同じなのだ。そんなふうに思えてならなかった。

ボクはそれから三回、拘置所の夢ちゃん宛てに手紙を出した。チェックが入るのはわかっていたから、やはり猫については触れなかった。廃墟に住み着いた猫たちに餌をやっていたことは、どういう解釈をなされるにしろ裁判で重要なポイントになると思われたからだ。だが、猫たち抜きで手紙を書くのは難しかった。考えてみれば、ボクと夢ちゃんは猫たちがいたからこそ出会い、抱きしめ合い、詩集を出そうという約束に到達したのだ。その猫たちが失われてしまえば、語ることは極端に減った。自分の仕事や、常連さんたちの動向など、どうでもいいようなことを書いてボクは手紙を送った。どんな状況であれ、ボクは待っていますよということを伝えるために。

でも、返事はなかった。夢ちゃんに届いたのかどうかもわからなかった。そしてその頃から、ボクの仕事は忙しくなり始めていた。

カンボジアに派遣された自衛隊員や文民警察官の動向が、日夜ニュースで伝えられていた。そして、日本に残っているその家族たちへの取材がボクの仕事になっていた。隊員たちになにも起きなければそれに越したことはないが、ゲリラからいざ銃撃など受ければ、憲法が定めるところを越えて交戦が生じる可能性もある。日本が今後どうなっていくのか、大きな分岐点に差しかかっていることはたしかだった。

「可能なら、カンボジアにも行って欲しい」

若葉ラジオの報道部員から、ボクはそうも告げられていた。テレビのキー局とは違い、ラジオ局には海外の支局がない。特派員はその都度、報道部のだれかが選ばれて行くことになっていた。だが、若葉ラジオは常に人員が足りていなかった。報道部員を派遣するわけにはいかない。そこでボクに白羽の矢が立ったのだ。

まだ決定ではなかったけれど、ＰＫＯ隊員の家族への取材を行いながら、ボクはカンボジア行きの準備をしだした。クメール語のイロハと、学生時代に使っていた教材を引っ張り出し、久々の英語の勉強もやり始めた。

夢ちゃんの裁判は、その忙しい日々の最中に行われた。でも、ボクは裁判があったことを知らなかった。カンボジア行きが正式に決定し、地雷原を歩むことの不安から逃れるかのように花梨花に顔を出したとき、イサオさんとナターシャさんから言われたのだ。証人として裁判に行ってきたと。

自分はやはり部外者だったのかと、冷たい水を浴びたような気がしたが、ボクはもちろんなにも言わなかった。終電が近付き、大半の他の客が姿を消すまで、敢えてなにも聞かないように堪えていた。カウンター席には下駄ロックやタマゴ先生もいたけれど、言葉は交わさなかった。特に話題が夢ちゃんのことになったとき、ボクはただ黙って、冷蔵庫の猫の家族図を見つめていた。

「執行猶予ってわけにはいかなかったんだ」

ナターシャさんが深夜の勤めに出かけたあと、酔いつぶれた男とボクだけがカウンター席に残った。するとイサオさんが近くに来て、言葉をひとつずつ置くようにささやいたのだった。

「情状酌量の余地はあると裁判官に言われたんだけど、前のこともあるから、懲役三年だって。でも、なんか、みんな同情しているような雰囲気だったよ。俺の友達の弁護士、半分くらいで出してもらえるんじゃないかって言ってた」

「半分くらい？　だけど、それでも一年半ですね。その間ずっと、夢ちゃん……」

「これまでのことを、夢ちゃん、全部語ったんだよ。両親に捨てられたこと。弟とはぐれちゃったこと。施設で過ごしながら、人間より猫を信じるようになったってこと。うちの前の解体したホテルの一室で、猫の世話をしていたってこと。猫たちは自分の家族だったって。あのキャットフードも全部自分で買ってきて、あそこに溜めこんだって」

「全部自分で？」

「うん。夢ちゃん、そう話していた。全部一人でやったことだって」

なにか言わなければと思うのに、言葉のかけらすらもう出てこなかった。イサオさんが作ってくれた濃いめのホッピーを無言で飲んだ。家族図の猫たちの顔がまたにじんで仕方なかった。

その夜、窓辺に猫は現れなかった。イサオさんはジョッキを拭きながら、一度だけこうつぶやいた。

「あのホテルがなくなって、夢ちゃんもいなくなっちゃったわけだから、もう猫はここを通らないだろうなあ」


そしてボクはカンボジアに向かった。

取材は一月ほどかかった。二十年にもわたって殺戮が続いた荒野には、各派の武装解除のために、世界各国からの軍隊が駐留していた。ボクは、タイ国境のキャンプから国内へ戻り始めた難民の取材に力を入れた。地雷を踏んで、足を失くした人たちが目についた。玩具の形をした地雷に触れて、手を失った子供もいた。そうした人々と、国連が設営したキャンプのなかで同じ食事をとった。

地雷原に落ちていく夕陽を見ながら、ボクはこれからの自分の生き方も考えた。この荒野での経験を語ることは、ただ報道の仕事に留まるのだろうか。自分の言葉で、だれかに伝えるために、一冊の本を編む。そうした道もあるのではないだろうか。廃墟のなかで夢ちゃんが語ってくれた、「個に届ける」仕事の可能性をボクは考え続けたのだった。

カンボジアから帰ったその日、ボクはアパートに戻るよりも先に新宿を歩いていた。花梨花に向かったのだ。

店の厨房はイサオさん一人だった。ひとしきり地雷原の話などしたあと、「猫たちは現れますか？」とボクは聞いた。イサオさんは首を横に振った。

「たまに覗きに来るのはさ……」

イサオさんは窓を指さした。

「豆太郎と花代、あとはポップくらいかな。他の猫たちは本当に見かけなくなったよ。あんなにいたのにな」

二人そろって冷蔵庫に顔を向けた。すこしの間、イサオさんもボクも黙ってそこに貼られた猫の家族図を眺めていた。

「弁護士の友人が言うにはね」

イサオさんはボクに濃いめのホッピーのジョッキを差し出した。

「接見していろいろ聞いたらしいんだけど、夢ちゃん、あまりもう、俺たちには会いたくないいんだって。あまりっていうか、もう、二度とさ」

ボクはジョッキのなかの琥珀色の飲み物に目を落とした。

「どうしてですかね？」

「さあ、どうしてかな。なにかが彼女のなかで切れてしまったのかもしれない。信じようと努力していたものを失ったというか。やっぱり、人間より猫がいいって、そう思ってるんじゃないかなあ」

ボクも含めて、否定されてしまったんでしょうか。

本当はそう言いたかった。でも、なにも言いはしなかった。起きていることと、夢ちゃんの内心は違うのではないか。ボクはまだそう思っていたからだ。


だが、それ以降も、その期待に添うようなことは起きなかった。刑務所にはそれからも手紙を書いたが、夢ちゃんからの返事はいっさいなかった。面会の機会も求めたが、本人が拒否しているという理由で、会うことはできなかった。

花梨花の冷蔵庫には猫の家族図が貼られたままだったが、常連客もイサオさんも、だんだんと夢ちゃんの話をしなくなった。

　そして、夢ちゃんが事件を起こしてから三年が過ぎようとしたある夜、ボクは厨房で飲んでいるイサオさんから言われたのだ。

「昨日、ナターシャとタマゴ先生にも伝えたんだけどね。夢ちゃん、もう出所していたんだって」

「本当に？」

「ひどいよな。俺たち、あんなに心配したのに。シャバに出てきてんなら、電話の一本も寄越せばいいのに」

　客は他にラーさんが一人いるだけだった。ラーさんは笛を手にしたまま、焼酎の入ったグラスの前で突っ伏していた。ボクはラーさんの目が閉じられていることを確認してから、イサオさんに聞いた。

「どうしてわかったんですか？」

　イサオさんは友人の弁護士の名をあげた。その人が教えてくれたらしい。

「それで、夢ちゃん今、どこに住んでいるんですかね」

「さあ、わからないなあ」

「わからない？」

「わからないんだよ、なにひとつ。弁護士は知ってるんだろうけれど、やつも仕事熱心で口は堅い。本人が内緒にしてくれって言ってるんだろうな。俺たちには、居場所は教えてもらえない」

ボクはそのとき、珍しく日本酒の冷やを飲んでいた。イサオさんにかける言葉が浮かばず、猪口のなかの澄んだ液体をただ見つめていた。

「なあ、山ちゃん。相談なんだけどさ」

「はい」

「どうしようか？　あれ」

イサオさんが指さしたのは、冷蔵庫に貼られたままの猫の家族図だった。

「貼りっぱなしもつらいよな。もう、豆太郎すら現れなくなっちゃったし」

ボクは返事をしなかった。イサオさんはしばらく考える素振りをしていたが、ボクに同意を求めるような表情をしたあとで、冷蔵庫に近付いた。すると、ふいに声がした。

「忘れてあげようよ」

ラーさんだった。笛やトランペットを吹くばかりで、ふだんはめったに喋らないラーさんの声だった。ラーさんはカウンターに肘をつき、雑巾みたいにくしゃくしゃになった顔をこちらに向けていた。そして、涙ぐんだ声でもう一度言った。

「夢ちゃんを、忘れてあげようよ」

すこしの間があって、イサオさんは無言でうなずいた。ボクも「はい」と答えた。

十七匹の猫のイラストが描かれたその白い紙を、イサオさんは冷蔵庫から剥がした。手元でしばらく見てから、二つに折ってラックにしまった。

ラーさんはまたカウンターに突っ伏していた。

忘れてあげようよと言われても、本当のところ、忘れることはないだろうと思った。大勢ではなく、だれか一人に向けて文章を書こうとしている以上、その道を切り開いてくれた人を忘れるはずがないからだ。でも、ボクの方から夢ちゃんを捜そうとすることは、もう金輪際やめようと思った。

夢ちゃんはきっと、なにもかも捨てて新しい人生を歩みだそうとしているのだろう。ボクらが記憶のなかで息をしていることさえ、邪魔になるのかもしれない。

店のなかには、ボブ・ディランが歌う『ミスター・ボージャングルズ』が流れていた。こんな夜は彼のしゃがれた声ではなく、闇を包みこむようなニーナ・シモンの声で聞きたいと思った。

十二

歳月は流れた。

新宿の街の上をあらゆる形の雲が過ぎていき、数えきれないほどの希望が現れ、ほぼ等しい数だけの忘却や絶望が、人の形をして去っていった。

相変わらず、ボクは花梨花に通っている。

客としてカウンター席に座る夜もあるけれど、厨房のなかにいることの方が多い。注文があれば焼き台の前に立ち、ピーマンを転がしている。焦がさないように、それでいてすこしは焼き色がつくように。

調理の秘訣は夢ちゃんが教えてくれた通りだ。緑の小部屋が充分に蒸されること。これに尽きた。果肉から旨味がほとばしり、胎座や種も食べられるようになるまでボクはピーマンを転がし続ける。緑の小部屋のなかにあったピーマンの夢が、それを食べる人の舌の上で物語となるように。

焼き台の前に立つと、ガラス戸の向こうに人々のにぎわいが見える。ラブホテルが解体されたあと、敷地の上物は二転三転した。駐車場になり、南国風の屋外型バーになり、そして今は、宿泊もできる温泉施設になっている。深いところまでのボーリングで天然の温泉が湧き出たらしい。一度はこの湯に入ってみたいものだと、全国各地からお客さんがやってくる。歓楽街なのだから、にぎわうのは良いことだ。この細長い店にも、「いいですか？」とガラス戸を開けて入ってくるお初の客が増えた。

新宿は今、活気があると思う。バブルと呼ばれたあの頃よりも街は安全になり、行き交う人々の数も増えた。

地上げによって消滅してしまうのではないかと噂された新宿ゴールデン街も、今や築地なみに海外からのお客さんを集める東京の名所となった。どのバーも大繁盛で、ニューヨークの街角かと思うほど様々な国からの酔客であふれかえっている。ディープ・シンジュクは、今や東京を目指す海外観光客の合い言葉なのだ。

新宿は変異しつつ、しかし今も変わらず、この国でもっとも人々が交差する街であり続けている。

そしてボクは、すこしばかり年をとった。

夢ちゃんと廃墟で詩を読んだ夜、ボクはまだ二十代半ばだった。四半世紀が過ぎて、今は五十を越えている。万年筆を握ったり、空を見たり、酒を飲んだりしている間に歳月は流れてしまった。

疲れ果てて蝋人形のように表情を失う日々があったとはいえ、あの頃は衰えを知らない豊かな髪がボクの頭を覆っていた。永沢さんに小突かれても、髪がクッションになって頭を守ってくれていた。

詩を綴る者として、童話を書く者として、言葉と格闘し続けた日々が頭に負担をかけてしまったのかもしれない。髪はまだ残っているけれど、厚みが少々変わってしまった。雨の日は水滴のご挨拶を地肌で直接感じるようになった。今、永沢さんに叩かれたら、ちょっと痛いかもしれない。

でも、永沢さんがボクを小突くことはもう永遠にない。十年以上も前に他界された。理由はわからないが、自ら命を断った可能性があるとニュースでは伝えていた。あるいは酔ってふざけているうちに落ちたのかもしれない。六本木の雑居ビルのバー、そのテラスから彼は飛び降りた。永沢さんの事務所は今、シロクマのように大きなモリさんが引き継いでいる。

イサオさんももういない。彼は病に命を取られた。不健康を絵に描いたような生活をしていたから、この結末は本人も覚悟していたようだった。ただ、肝臓より先に膵臓をやってしまったのが意外だった。医者に診てもらったときはほぼ手遅れだった。

「金使って、無駄な手術だったな。飲んでりゃ良かった」

病院のベッドで、イサオさんは弱々しく笑った。逝って、もう十五年になる。イサオさんの墓前には、焼酎の大瓶を置いた。ともに手を合わせたのがイサオさんの息子のヒロトだった。イサオさんを亡くしたことで、厨房を継いだばかりのヒロトは途方に暮れていた。ボクが焼き台の前に立つきっかけは、ヒロトのその表情だった。つまり、ボクがピーマンを転がし始めてからも、十五年たったというわけだ。

花梨花にいないとき、ボクは青い万年筆でひとつずつ文字を刻み、詩や物語を作り出している。それが今のボクのなりわいだ。綱渡りの道化師に必要なのがバランス感覚なら、ボクの仕事を支えているのは想像力というものだ。空白になにかをイメージする力。なんとかその力だけは持ち得たようで、そのことだけは親とやおよろずの神に感謝している。

ただ、それでも人生の先だけは読めるはずがないとつくづく思う。ピーマンを食べていた人間が、ピーマンを焼く側に回るなんて、食べるだけだった頃は思いつきもしなかった。

そう。起きることは想像がつかない。

カンボジアでの取材をきっかけに、世界を旅するようになったボクは、各国の人々の生活を描いた『民』という詩集を出した。それ以来、ボクはコンスタントに詩や童話の本を上梓し続けている。読者も増えていて、増刷を重ねる本もある。朗読会では、ある程度の集客もある。息切れしそうだった二十代の頃は見えなかった未来をボクは生きている。

もっとも、色覚を違える視点から世界の再構成を試みた詩集『金のあじさい、銀のあじさい』を数年前に世に出すことができたのは、社会からはずされたと感じたあの悩ましい日々にこそ起点があった。這いつくばったあの時代も、考えようによっては無駄ではなかったのだ。

そう。起きることは想像がつかない。

詩集は売れないと相場が決まっている。よほど有名な詩人によるものでない限り、ヒットなどあり得ない。きちんとした出版社から一冊でも出れば、詩人にとって、それですでに成功なのだ。だから、『金のあじさい、銀のあじさい』が増刷になったときは本当にうれしかった。

詩を紡ぐ固有の視線は個に留まらず、読む者となんらかの関係を生まなければいけない。表現とはそういうものだ。小さな一歩ではあったけれど、そこに踏み出したのだという実感がボクの命を温め始めた。予想外の印税にいくらかを足し、息子とベトナムを旅することもできた。

そう。起きることは想像がつかない。

猫の家族図は、今また冷蔵庫の同じ場所に貼られている。でも、それはイサオさんが剥がしたあの家族図ではない。新しく描かれた一枚だ。描いたのは、夢ちゃんだ。

昨年の秋、花園神社の桜の葉が色づく頃、ボクは夢ちゃんと再会したのだった。


その日のこと。

もう、夜十時を回っていた。

客はほぼ満員で、注文もひっきりなしだった。本当なら経営者のヒロトにバトンタッチする時間だったのだが、彼一人では捌ききれないと思い、ボクはそのまま厨房で働いていた。

ガラス戸の向こうに一瞬、女性の人影が立ったような気がした。串ものを並べた台の横でヒロトと二人、焼き上がったピーマンに花がつおを盛っている最中だった。あらためてガラス戸を見ると、影はもうなかった。

ふと、ボクはそこで思った。

ここ数日、似たような影を見ていなかっただろうか。ガラス戸の前には立つものの、すぐに姿を消す影。

皿から花がつおがこぼれた。店で流れている音楽も、客同士のにぎやかな会話も、真空の筒のなかに入ったかのようになにも聞こえなくなった。

ヒロトに残りを任せ、ボクは厨房からカウンター席の方へ回った。「すいません」

ことわる間も惜しく、並んで座っている客の背中にぶつかりながらガラス戸へと向かった。

外に出ると、その人らしき後ろ姿はまだあまり遠くないところにあった。ベージュ色のジャケットにジーンズのいでたちだ。ゴールデン街の前を通り、靖国通りの方へ歩いていく。ボクはエプロンを取らないまま、小走りでその背中を追った。

稲妻のような直感がボクを煽り立てていた。

あの人に違いない。

でも、人違いかもしれないという思いも当然あった。

どう声をかけるべきなのか。

ボクは走り寄った。他の通行人から遅れ、思案気味に歩いているように見えるその人の背後に。

「あの、山崎です」

相手の名前を言う勇気はなかった。なぜかその名を出してしまうと、まったくの人違いに終わってしまいそうな気がしたからだ。

だけど、ボクのそのひとことで目の前の女性は足を止めた。

「あの……山ちゃんです」

自分のことをそう呼んだのはたぶん初めてだった。

女性は片手を額に当て、それからゆっくりと振り返った。

白髪を染めず、ほぼグレイのボブカットだった。切れ長の左目がボクを捉えていた。その視線はすぐにはずれ、宙をさまよった。それからまた彼女はボクを見た。そして、拝むように顔の前で手を合わせたのだった。

言葉が出てくるまでに、一度エプロンを握って息を吸いこむ時間が必要だった。湧き上がってくるものが大き過ぎた。震えながら発したような声で、ボクはようやくその名を口にしたのだった。

「夢ちゃん」

グレイの髪が揺れた。ボクに向かって頭を下げていた。

「ごめんなさい」

どんなふうに受け止めるべきなのか、ボクは自分でもよくわからなかった。車にクラクションを鳴らされるまで、道の真ん中に立っていることすら忘れていた。

「元気そうでよかった」

「山ちゃんも」

ボクたちは四半世紀ぶりに互いの瞳を覗きこんでいた。かけたい言葉がいくらでもあった。でも、クリスマスを前にしたあの夜と同じだった。新宿の大混雑のなかで初めて一対一で会ったときのように、ボクの言語中枢はどうかなっていた。唇が動かない。

それは夢ちゃんも同じだったようだ。「ごめんなさい」ともう一度言い、うつむいてしまった。

「お店、寄っていきなよ」

他に言葉が見つからなかった。そう言うしかなかった。夢ちゃんはしかし、首を横に振った。「行けないです」と小さな声が戻ってきた。しばし間を置いてから、うん、とボクはうなずいた。

「じゃあ、どこか他の店に?」

夢ちゃんは外国人観光客でにぎわっているゴールデン街の方を一度見て、「ずいぶん変わりましたよね」とつぶやいた。

結局、ボクと夢ちゃんはそのまま歩きだした。靖国通りに出て、歌舞伎町の雑踏を縫うように二人で歩いた。

互いに言葉が出てくるようになったのは、ビル街の無数の光のなかにあのトルコレストランの灯りを見てからだった。「まだやってるんですね」と夢ちゃんは感慨深げに言い、遠い日の忘れものを見つけたような表情になった。

「店を維持するのって、たいへんなことなのにね」

ボクは実感からそう反応した。ピーマンを焼く立場になってから、本当にそう思うようになったのだ。

「花梨花もですよ。続いていてえらい」

夢ちゃんはそう言ったあとで、「私があんなことをしちゃったのに」と付け加えた。

ボクはそれには返事をしなかった。今はイサオさんの息子のヒロトが経営者であり、二人でピーマンを焼いているということを伝えた。

「イサオさん、どうされているんですか？」

並んで歩く夢ちゃんはボクを見上げるようにしてそう聞いてきた。四十代後半の顔になった夢ちゃんがそこにいた。目尻にしわが寄り、こめかみのあたりにうっすらとしみが浮き出ていた。

「イサオさんね、亡くなったんだよ。もう、十五年ほどになる」

「そんな前に」

「膵臓だったんだ。病院にかかったときはもう手遅れで」

「そうでしたか……」

「ラーさんももういない。病気だったという話だけれど、詳しいところはよくわからないんだ」

夢ちゃんはしばらく無言で歩いたあと、雑踏に消えてしまうような声で「私、みんなに迷惑ばかりかけて」とつぶやいた。ボクはまたそれを敢えて聞き流した。

「だって……ずいぶん時は流れたからね。残っている人もいれば去ってしまった人もいるよ」

「そうですよね。あの、ナターシャさんとかは？」

「ああ、ナターシャさんなら時々来る。タマゴ先生と結婚したんだよ」

「本当？」

夢ちゃんの表情が緩んだ。夜風の一吹きで消えてしまうほどの微笑みだったけれど、今はまず、こういう話題の方がいいとボクは思った。

「ナターシャさん、まだたまに女王様やってるみたい。タマゴ先生は学校を定年退職されてね、悠々自適って感じ」

「あの二人、相性が合ったのね」

「今も手をつないで店に来るからね」

ボクは他の客たちの動向も夢ちゃんに語った。

じき六十歳になる下駄ロックはいまだロックバンドのメンバーで、白髪頭を揺すっているということ。最近は『長生きのための地中海食』みたいな本を読みながらホッピーを飲んでいるということ。

ハガネさんはすっかり体が衰えてしまい、もう立ち上がって上腕の筋肉を見せつけるようなことはなくなったが、それでも来るたびにだれかにお金を借りようとし

ている こと。

退職したあと山梨の山奥に引っ越した富士山ひげは、本物の富士山を見ながら毎日ワインを飲んでいると、背伸びしまくりの絵はがきを時々送ってくるということ。

客に演説を打っていた演出家は七十を過ぎてもなお健在で、最近の彼は、スマートフォンを操作しながら飲んでいる若者をつかまえては、「君は歴史の狭間にすら存在することはできない！」と怒鳴りつけるパターンが多いこと。

ガッツさんは数年前から仏教に開眼したようで、やたら般若心経の話などするようになったこと。

夢ちゃんは微笑んだりうなずいたりしながら横を歩いていたが、やはりうつむきがちだった。ただ、ザクロさんの話になったときだけ、ちょっとあらたまった顔をしてボクを見た。

「もう、お亡くなりになったんでしょうね」

「いや、健在なんだよ。しかも、女装のザクロさんとして。あのまま」

「うそ」

「今年で八十歳だけど、いまだスパンコールのミニスカートで歩いている」

四半世紀ぶりに会った夢ちゃんは、そこで初めてふふっと笑った。その表情がとても自然で、かえってボクは混乱しだしていた。

もちろん、ボクの頭のなかには押し合うほどにたくさんの疑問が生じていた。ひとことでもそれを言い出せば一夜あっても足りないほどの。でも、こうして現れてくれた夢ちゃんに、それを突きつけようという気にはならなかった。

「本当に、時間が過ぎていったんですね」

酔客を避けて歩きながら、「うん、本当だね」とボクはその言葉を受けた。

「そして山ちゃんは、詩人になった」

「あ、まあ」

「私、ずっと読者だったんですよ」

「ありがとう」

「花梨花で働いているって、エッセイで書いてましたよね」

「うん。詩と童話だけじゃ、なかなか食べていけなくてね。中学生の息子がいるんで、教育費のことを考えると」

「そう。結婚されたんですね。どんな奥さんなんですか?」

そこですこし間が生じたけれど、ボクは正直に答えた。

「平凡な人だよ。ただ、なにがあっても鷹揚《おうよう》に構えてくれるので」

「どこで知り合ったの?」

「昔住んでいたアパートの大家さんの娘でね、次女なんだけど。大家さんちに呼ばれて飲んでるときに、言葉を交わすようになって」

「ふーん、よかった。山ちゃん、実は私も、今は家庭があるんです」

「おお、そうなんだ。そりゃ、よかった」

歌舞伎町の雑踏の音に負けないくらいボクは明るい声を発したつもりだった。でも、胸に湧き上がったのは、無視することができない一種の寂しさだった。

「旦那さんはなにをやっている人なの？」

「料理人なんですよ。みなさんのそばを離れてから、私、人生をやり直そうと思って、名古屋に引っ越したんです」

「名古屋？」

「伏見というところ、弁護士の先生が紹介してくれたんです。知り合いの和食のお店があるからって。そこで働いてるうちに、板前さんと出来てしまいました」

「へー、そうなの？」

あのとき、どうしてボクたちのところには戻ってきてくれなかったんだ？

胸のなかにはその言葉があった。

あれだけ手紙を書いたのに、なぜ一通の返事すらくれなかったの？

もちろんその言葉もあった。

でも、やはりボクはそれを口にしなかった。顔にも出さなかった。

「私にも子供がいるんです。娘が一人」

「いくつ?」

「今度、中一」

「そう。おめでとう。夢ちゃん」

「ありがとうございます」

ボクたちはこんなふうに互いのことについてすこしずつ語りながら、しかし決して核心には触れないまま歌舞伎町を一周してしまった。角を曲がれば花梨花の赤提灯が見えるところまで戻ってきてしまったのだ。ボクはもう一度夢ちゃんに聞いた。店に寄っていかないかと。でも、夢ちゃんはまた首を横に振った。

「ごめんなさい。無理なの」

ただ、夢ちゃんは立ち止まると、肩に提げたバッグに手を入れた。

「私、本当に……読者なんですよ」

取り出して見せてくれたのは、『金のあじさい、銀のあじさい』だった。見慣れた詩集が夢ちゃんの掌にあった。

「何度読んだかわかりません」

「こんな日が来るなんて。君がボクの詩集とともに現れるなんて……」

交差するいくつかの感情を、夢ちゃんは微笑みでくるんだように見えた。そしてバッグからペンも取り出した。

「あの、もし可能なら、サインをもらってもいいですか？」

「サイン？　もちろん」

ボクはおずおずと差し出された詩集とペンを受け取った。なにかの拍子に肺からふくれあがりそうな気分だった。指に震えが来る。そこで立ったままサインをするのはちょっと難しそうだった。

「お宛名、夢ちゃんがいいのかな？　それとも本名？」

自分を落ち着かせるためにそう言ったのだが、言い終わらないうちに頬が強ばった。夢ちゃんも一瞬そこで、なにか透明なものが通り抜けていったような顔をした。

「そうね。ここは新宿だから、やっぱり、夢ちゃんでお願いします」

「うん、だけど……」

指の震えが治まらない。ボクはペンを持ったまま、「弱ったな」とつぶやいた。

「どこか座れるところがいいな。お店が無理なら……たとえば、花園神社とか、どう？」

夢ちゃんはあまり間を置かず、「はい」と素直にうなずいた。

「私も座って話したいなと思っていたところです。本当は……山ちゃんにどうしても伝えたいことがあって、それで来ちゃったんです」

まった。

「はい。ひょっとしたら大事なことです」

夢ちゃんの左目の眼差しがまっすぐにボクに向けられた。その圧力のようなものから逃れようとしたわけではないが、気になったことのひとつをボクは口にしてしまった。

「あの、今日だけじゃなくて……何度か店の前まで来てくれた？」

夢ちゃんは路面を見るように目を落としたが、「はい」と答えた。

「そうかな、と思ったんだ。もっと早く気付けば良かったね」

曖昧に首を振りつつ、夢ちゃんはボクを正面から見た。今度は左の目でも、右の目でもボクを捉えているように見えた。

「じゃあ、花園神社に行こうか」

夢ちゃんには交差点の角で待っていてもらい、詩集とペンを持ったままボクは一度花梨花の厨房まで戻った。ヒロトは孤軍奮闘で働いていたが、ボクはエプロンをはずした。そして、冷蔵庫の横のラックに手を入れた。

夢ちゃんはボクに伝えたいことがあるらしい。それはボクも同じだった。長い間、このラックのなかで放たれるときを待ち続けていたものがあるのだ。ボクは自分の手提げ鞄のなかに詩集やそれを入れると、客の背後を通って外に出た。

ボクと夢ちゃんは交番の横から階段を上がり、花園神社の本殿裏の広場に出た。あの頃の廃墟の部屋ほどではないが、ここからもゴールデン街の一部を見下ろすことができた。ボクたちはそこに並んで腰を下ろした。もう指は震えていなかった。詩集にサインを入れると、夢ちゃんは「ありがとうございます」と、また拝むように手を合わせた。そしてとても貴重なものでも扱うような仕草で、詩集をバッグに戻した。

それからボクは、このあたりからすっかり猫がいなくなってしまった話をした。

「そうなんですか」と夢ちゃんは淡々と受け止めた。

ボクたちの頭上には満月があった。

その青白い月光と、ゴールデン街から届く灯りがあって、ボクらのまわりには仄かな明るさがあった。夢ちゃんの表情がはっきりと見てとれた。

「私……」

夢ちゃんは膝にのせたバッグに指を這わせた。

「どうしたの？」

「私……この国を離れることになったんです」

「そうなの？」

「ずっと望んでいたことなんですけど。話しているうちに、うちの旦那さんもだんだんその気になってきて、海外で勝負してみたいって思うようになったみたいです。それからは二人でお金も貯めました。そうしたらついに機会が訪れて、ジャパニーズ・レストランの板長さんとして迎えられることになったんです。だから、娘も連れて、一家で移住することになりました」

「へー、どこの国?」

「どこだと思いますか?」

この人が日本からいなくなる。ずっと会っていなかったくせに、なにも変わらないことだというのに、ふいに冷たい夜露が胸に降りてきたような気分だった。でも、ボクは努めて明るい声を出した。

「どこだろう。ニューヨークとか?」

夢ちゃんは、首を横に振った。

「イスタンブール」

「え?」

「イスタンブールの日本レストラン」

青白い月の光を受けながら、二人で顔を合わせた。ボクの目はたぶん猫のように丸くなっていたと思う。小さな拍手とともに自然な笑い声まで出てしまった。夢ちゃんも微笑んだ。

「よかったね。たしか、行ってみたいって言っていたものね、夢ちゃん。君も旦那さんもすごいなあ。思い切ったことをするね」

夢ちゃんは、「うちの娘もわくわくしているみたいです」と付け加えた。

「でも、違うんです。それを言いに来たわけじゃないんです。ただ、もう会えなくなっちゃうと思ったから、伝えるべきことを、ちゃんと伝えないといけないと思って」

「うん」

なにを言おうとしているのだろう。夢ちゃんの真意がボクには本当にわからなくなっていた。

「あの、この詩集の冒頭……」

文字を読むには暗過ぎると思ったが、夢ちゃんは詩集を開いた。

「私、何度も読んでいるうちに、覚えちゃったんです。本人の前で恥ずかしいですけど、ちょっと読んでいいですか？」

「うん。いや、でも、恥ずかしいのはボクの方だよ」

金のあじさい、銀のあじさい

だれもが幼い顔をしていた頃、折り紙をちぎって、
貼り絵をすることになった。
女の先生に導かれて、ボクたちは中庭の花壇に集まった。
雨があがったばかりの晴れ間だった。
あじさいが満開だった。
葉っぱも花びらも、すべてのあじさいが水滴をのせていた。
転がり落ちそうな水滴にボクは見とれた。
一粒の水滴のなかに、世界がひとつずつ吸いこまれていた。
となりの友達も、青い空も、そしてあじさいさえも、
水滴のなかで輝いていた。
ボクもまた、水滴のなかで逆立ちして、あじさいをじっと見つめていた。
持っている色紙のなかに、あじさいの輝きを表わせる色はなかった。
だから金色をちぎった。銀色もちぎった。大輪の花を咲かせた。
金のあじさい、銀のあじさい。
次の日に、みんなのあじさいの貼り絵は教室に貼られた。

どのあじさいにも花丸がついていた。

ボクのあじさいだけ、二重丸だった。

女の先生が、ボクの輝くあじさいの横になにか書いていた。

こんな色のあじさいはないですね。

ボクは、輝くあじさいの前でずっと立っていた。

外に行こうと、友達が誘いに来るまでずっと立っていた。

ボクは、みんなとは違う世界を見ているのかもしれない。

水滴のなかで逆立ちしながら、ボクは校庭に向かって走りだした。


夢ちゃんは詩集を開いてはいたが、文字を追って読んだわけではなかった。だって、ずっと目を閉じていたのだから。一文字も間違うことなく、夢ちゃんはこの冒頭の詩を、そらで読み終えた。

「すごい。よく覚えたね」

「本当のことを言うと、すこし頑張って暗記してきました。山ちゃんに会えないと、トルコには行けないと思ったから。私、この詩、好きなんです。山ちゃんの詩はみんなわかりやすいです」

ボクはそこで、ちょっと自虐的に笑ってみせた。

「わかりやすいというのは、底が浅いということだから、あまり誉められたものじゃないと思うよ。ボクの詩なんて、詩じゃないと思っている人がたくさんいるはずだよ」

「でも、山ちゃん、それでいいじゃないですか。大勢に向けて書いているわけじゃないんでしょう。一人に向けて書くって」

そのたった一人の君は、どうしてボクの前から消えてしまったんだ？

そう言いたかったけれど、ボクは短く、「そうだね」と相づちを打った。

「山ちゃん、目のこと、まだ悩んでいるんですか？」

「うん。もう、どうでもよくなった」

これはボクの本音だった。

「若い頃は、悩んだよ。目指していた仕事に就けないってことは、たしかにショックだった。でも、そのために一人で歩むことになった。だれの人生でもない、ボクの人生をさ。大勢に向かって書くなって、君が言ってくれたことも救いになった。あれで目の前が開かれたんだよ。詩や童話で入ってくるお金なんてたかが知れている。だから、花梨花でアルバイトもしている。構成作家で成功していたらお金には困らなかったと思うよ。だけどボクはたぶん、その前に死んでいたんじゃないかな。

この人生でよかったと思う。だれの真似でもない、自分で歩んできた人生だよ」

「よかった。それなら本当によかった」

夢ちゃんはボクの詩集を胸に抱いた。

「私、今でも猫が好きなんです。ただ好きだというだけじゃなくて、猫について書かれた科学的な本も読むようになったの。そうしたらね、山ちゃん、驚いたことがあったの」

「なに？」

「猫ってみんな、色弱なんです」

「え？」

「猫の目にとって一番大事なのは、光に敏感なことなんですって。昔の猫はネズミを追いかけたでしょ。だから、暗いところでもよく見えなければいけないの。猫たちにとって、色彩は二の次なのね。光を知ること。輝きを知ること。生きていくためにはそれが必要だったみたい」

「ほんと？」

「猫って昼間は三日月みたいな瞳をしているでしょう。夜はまん丸。あれはわずかな輝きでも逃さないように見ているからなの」

「知らなかったよ、そんなこと」

「山ちゃん、きっと猫だったんだと思うの。山ちゃんの詩を読んで、そう思ったの。だから私、それを伝えたくて。山ちゃんがまだ目のことを気にしているなら、そんなのぜんぜん平気ですよって。輝きに対しては、人並みはずれた感覚を持っているんだから、それを信じて生きていけばいいですよって言いに来たの」

「ありがとう、夢ちゃん」

吐く息のなかでつぶやいた。

「ボクは……猫だったんだ？」

「そうよ。だから私と気が合ったんだと思います。猫の家族図に入っていてもおかしくない人だったの」

「うん」

ボクはしばらく言葉が出てこなくなり、ただ夢ちゃんの横に座っていた。でも、胸のなかは色鉛筆の缶が揺れているかのように、さまざまな感情が交錯し合っていた。心のガラス戸もひとつ開いてしまったようで、いまだに整理できないものが次々とこみ上げてきた。言うまいとして堪えていたのに、言葉はその制止を振り切って、外に出てしまった。

「ボクは、家族図に入っていてもおかしくない猫だったんだね」

「そうよ」

「それなら、なぜ君はあんなに拒んだの？　あれだけ手紙を書いたのに、一通の返事もくれなかった。面会に行っても恐ろしいほど冷たかった。あれは、なんだったの？」

夢ちゃんが大きく息を吸いこんだのがわかった。ボクから目をそらし、夜空を見るかのようにあごを上げている。

「私、あんなことをしちゃって……」

夢ちゃんの声のトーンが下がった。言葉を文字として綴るかのような、ゆっくりとした喋り方になった。

「合わせる顔がないと思いましたよ。もう、山ちゃんとも、みなさんとも会えないって。一人で生きていかなきゃいけないって。それにあのとき、妊娠している可能性もあったんです」

「え？」

ボクはただ夢ちゃんの顔を見た。

「私、佐々木と暮らしていたんです」

「イサオさんから、すこしは聞いているよ」

「知っていたんですか？」

「いや、あとで聞かされた」

「そうでしたか。お前はつらい思いばかりしてきたから、これからは夢を見て暮らした方がいいって。だから店では夢ちゃんで通そうって。そう言ってくれた人だったんです。だけど、やっぱり、ああいう人でしたから、見ているものや考えていることが違い過ぎるというか。彼に対する愛情がないこと、だんだん自分で気付いちゃって。そうなると、どんどんつらくなっていって。山ちゃんと親しくなったのは毎日別れ話をしていた頃なんです。でも、そうなると彼は強引に私を……逃げ出したくなるような毎日でした」

夢ちゃんの声はわずかにかすれたり、揺らいだりした。決して遠い日のできごとを語っているようには聞こえなかった。

「そういうことが続けざまに起きて、これは妊娠しちゃったなあって。そう思っていた頃だったんですね。自分はどうするか決めていなかったけれど、その事情もあったので、ムクと子猫たちに異常なほど神経を注いでいたんだと思います。それなのに佐々木があんなことをしちゃって。悪魔にしか見えなかったです。あとはよく覚えていなくて。気付いたら、鉄格子のなかだったのね。毎日、朝昼晩、ずっと悩みました。赤ちゃんをおろすことはもうできない。殺そうと思った男の、その子供をここで産むんだなって。実際にはそうはならなかったんですけど、限界まで追いつめられたんだと思います。これまでの私を知っている人といっさいの関係を断とうと思ったんです。ごめんね、山ちゃん」

「いや」

どんな思いで一人膝を抱えていたのだろう。その苦しみを知らずに、あの頃自分は勝手にもがいていたのだ。夢ちゃんをどこまでも信じ抜くことができずに。

いまさらながらの悔いがこみ上げ、ボクは奥歯を噛み締めた。

「バカでしょう。みんなと縁を切って。勝手に勘違いして自分を窮地に追いやって。妊娠してなかったってわかったときも、かえってぞっとしちゃって。私はおかしくなっちゃったんだって。だれとも接しちゃいけない、巻きこんじゃいけないって、そう思いこんじゃって。なにもかも捨てようって。詩を書いていた自分も忘れようって。ごめんなさい。山ちゃん、あの頃、傷つけたよね。ごめんなさい」

夢ちゃんの肩や腕が小刻みに震えだした。ボクは思わず、その腕にそっと手を這わせた。夢ちゃんは首を横に振ると、両手を顔に当て、声を押し殺して泣き始めた。

「夢ちゃん」

「はい」

夢ちゃんがボクを見た。涙で濡れた夢ちゃんの両目に、月の光が吸いこまれていた。夜だけ現れる宝石のようにきらめきながら、ボクを捉えていた。

夢ちゃんの唇はボクのすぐ前にあった。

今、本当の別れが来たのだと、ボクにはわかった。二人だけの心のなかで始まった、だれも知らない恋が、二人だけの心のなかで今終わるのだ。

口づけをすることは自然な流れのようにも思えた。でも、今それをしてしまうと、あの廃墟の夜の、猫たちに囲まれて唇を重ね合った、あの永遠とも思われる夜の輝きが失われてしまうようにボクには思えた。

すぐそばの夢ちゃんの唇がわずかに動き、吐息が漏れた。でも、言葉にはならなかった。

ボクは夢ちゃんの瞳を見た。左の瞳も、右の瞳もそっとささやいていた。告げられていることの意味を、ボクはその輝きから受け取った。

さよならのときが来たのね。

きっと、夢ちゃんも同じことを考えていたのだ。ボクたちはわずかに触れ合う部分で互いの温もりを感じ合ったが、唇を重ね合おうとはしなかった。ボクもまた、夢ちゃんに目だけでその言葉を伝えた。

そうだね。さよならのときだ。

互いの涙をボクたちは指で拭き合った。夢ちゃんの頬に伝わる涙は、ゴールデン街の灯りや月光を溶かして、金の涙、銀の涙になっていた。

「夢ちゃん。これでよかったんだよ」

「そう？」

「ずいぶん回り道をしたけれど、君は、いっしょに夢を叶えようとする旦那さんと巡り合った。お子さんもできた」

涙はまだ止まっていなかったが、夢ちゃんはそこでうっすらと、微笑みの始まりにも似た表情を見せてくれた。

「もう会えないのなら、君に渡したいものがある」

ボクは自分の鞄から、花梨花のラックでずっと保存していたそれを取り出した。十七枚の紙を綴じ、表紙をつけた自己流の詩集だった。

「本当は君といっしょに作る約束をしていたよね。でも、会えなかったから、自分で作っちゃった」

おずおずと差し出された夢ちゃんの掌に、ボクはそれをそっとのせた。

「新宿の猫」

夢ちゃんは無言で受け、ただじっとその詩集を見つめた。

「あの頃の猫たちが、このなかで君を見つめているよ」

夢ちゃんはうつむき、手製の表紙に頬をすり寄せた。そして、また涙があふれだした目をボクに向けてきた。

「山ちゃん、ありがとう」

「いつか、手渡すことができればいいなと思っていたんだ。それで、さよならの前に、ひとつだけ聞いていい？」

「はい」

「三毛猫のエリって、夢ちゃん、君のことなんだろう？」

すこし遅れて、夢ちゃんはうなずいた。

「はい」

涙を指で押さえながら、またわずかな笑みをボクにくれた。

「オッドアイって言葉にだまされていたよ。左右の目の色が違うってことばかりを想像していたんだ。どうりでその猫に会わないはずだよ。だってエリは、夢ちゃんだったんだから。夢ちゃんの本名を知って、それでようやくわかったんだ。それなら、あの猫の家族図は、君と十六匹の猫たちということになるんだね」

「そうね」

「一冊しかないから、この詩集ともさよならだ。最後に、『三毛猫のエリに捧げます』」

ボクは夢ちゃんの手から、詩集を一度自分のもとに戻した。そして三毛猫のエリの詩を探し、顔を近付けた。薄暗かったけれど、月はいよいよ天頂にあった。月光に照らされてなんとか文字を辿ることができた。ボクは夢ちゃんにだけ聞こえる抑えた声で、その詩を読んだ。

エリ

なにか困ったことがあったら
わたしのそばに来ればいい。
歌舞伎町の廃墟で待っているから。
わたしの左目は、本当の落書きを
右目は、夢のかけらを追いかけている。
空間はひとつじゃない。
絶望を吸いこむ穴だってあるのさ。

なにかに踏みつけられたのなら
わたしの近くに来ればいい。
区役所通りの並木の下で待っているから。
わたしの左目は、道行く人々の、
顔のなかの顔を見る。

右目は、捨てられた言葉たちを。
傷を負ったのはあなただけじゃない。
順番に、よみがえるというものさ。

なにかを悔いているなら
わたしのところに来ればいい。
線路沿いの陰で待っているから。
わたしの左目は、大人が忘れた子供たちを
右目は、眠る子供の未来を見る。
時間は過ぎていくばかりじゃない。
花も実も運んでくる。

ひとつだと思うから苦しいのさ。
論理なんてお門違い。
無数の傷から
夢想の言葉すら生まれてくる。
わたしは、三毛猫のエリ。

なにかを乗り越えたいなら
わたしの声を聞けばいい。
それが歌になり
時になる。

読み終えてから、ボクはまた詩集を夢ちゃんに手渡した。夢ちゃんは顔をあげて目を何度も瞬かせたあと、そのお手製詩集をもう一度胸に抱いた。

「山ちゃん……」

「うん？」

「ありがとう。あの……なんと言ったらいいか」

「そうだよね。いきなり読まれても」

「わたし……そういう猫だったの？」

「たぶん」

夢ちゃんは感じ入ったような、それでいて戸惑いもしているような顔になった。そしてなぜか、右目でボクを見ようとした。

「右の目が、まだ悩んでいるみたい」

「なにを？」

「詩にはもう触れないはずだって」

「左の目は？」

「また、書きたいって」

ボクは座ったまま、そこで夢ちゃんの肩に手を回し、軽く抱きしめた。流れ星の光跡が消えるくらいの、ごくわずかな時間だった。そしてゆっくりと、二人で立ち上がった。

「夢ちゃん、外国に行ったら、生水には気を付けるんだよ」

「はい。山ちゃん、書き続けてね」

「君もだよ」

返事はなかったが、夢ちゃんはボクを見つめたあと、満面の笑みを返してくれた。

神社からの階段を下りれば、タクシーはすぐ見つかるはずだった。ボクはただ、タクシーに乗って去っていく夢ちゃんを見たくなかった。

「夢ちゃん、ここでさよならをしてもいい？」

「はい」

「夢ちゃん……」

夢ちゃんはボクの前から二歩、三歩と下がり、詩集を持つ片手をあげた。

「山ちゃん、さよなら」

「さよなら」

詩集をひらひらと泳がせ、夢ちゃんは微笑んだ。そしてボクに背を向けて、神社の階段を下りていった。

ボクはただ突っ立っていた。そこにあるものは、月の光とボクの心だけだった。なにもかもが留まることを知らず、こうして変わっていくのだと思った。ボクたちの心を含め、すべては流砂として過ぎていく。変わらないのは、月の光だけなのだ。流れ去る砂の一粒ずつを照らし続けている青白い光。真実はそれだけなのだとボクは思った。だからこそ、この短い人生のなかで見つめ合える人と出会えたことは、ひとつの奇蹟なのだ。

そんなことを繰り返し思いながら、ボクはずっとそこにいた。新宿にいながら、心は月まで飛んでいた。我に返ったのは、目の前をふいに猫が横切ったからだ。最近の新宿では珍しいことだった。

ハチワレの、まだ成長し切っていない猫だった。

「やあ」

ボクは反射的に声をかけていた。

「どこから来たんだい？」

猫は脚を止め、こちらを振り向いた。白黒模様が、額で奇麗な八の字を描いている。まん丸な目のなかに光を宿したガーネットがあった。

猫を刺激しないように、ボクはそっと腰を下ろした。ハチワレのガーネット君は動きを止めたまま、ボクをじっと見ていた。

「どこに住んでいるんだ？」

ガーネット君は低く身構え、ニニャッと短く啼いた。「住所なんかねえよ」とつぶやかれたように感じた。

「お名前は？」

ボクが片手を差し出したのが良くなかったのだろう。ガーネット君は顔をそむけ、そのまま神社の本殿の裏へと駆けこんでいった。

ボクはまた天頂の月を見た。それからゴールデン街の灯りの連なりに目をやった。そして階段に向けて歩きだした。

イスタンブールから小包が届いたのは、それから二ヶ月ほどあとだった。客として花梨花に顔を出すと、「なんか外国から山さん宛てに来てますよ」とヒロトがカウンターにその紙箱を置いたのだった。差出人の名前を確認するより先に、Turkey, Airmail という横文字が目に入った。だれが送ってくれたものかすぐにわかった。

ホッピーを一口飲んでから、カウンターの上で小包を開けた。トルコのお茶の袋詰めと、布にくるまれた小さなガラス玉が出てきた。青地に黒で、目玉のようなデザインだ。そして厚めの封筒。封筒のなかには、ボクの詩集から書き写したのだろう、送り主の手によってあらたに作られた『新宿の猫』と、一枚の青い便箋が入っていた。

山ちゃん、イスタンブールでの暮らしが始まりました。現地のみなさんは親切で、とてもよくしてもらっています。トルコ語の勉強も弾みがついています。目玉みたいなガラスの作りものは、ナザールボンジュウというトルコのお守りです。まん丸なときの猫の目みたいですよね。このお守りの力で、山ちゃんの詩集や童話が、それを必要としている人にもっともっと届きますように。

それから、山ちゃんの『新宿の猫』を書き写しました。二人だけの詩集ですから、やはりこれは、お互いに一冊ずつ持つべきだと思ったからです。

山ちゃん、本当にありがとう。

さよならはしましたが、私の胸のなかで、山ちゃんは永遠に輝く星のように笑っています。

便箋の文字を何度も読み返しながら、ボクはジョッキ一杯分のホッピーを飲み干した。ガラス製のナザールボンジュウを指で撫で、四半世紀も前に窓のなかに現れた豆太郎の目を思い出した。

それから、夢ちゃんが作ってくれた『新宿の猫』を開いた。するとなかから、折り畳んだ紙がすべり落ちた。広げると、それはあらたに描かれた猫の家族図だった。豆太郎や花代やトトやココ。懐かしい猫たちがそこにいた。そして三毛猫のエリの横にボクは見つけたのだ。前はいなかった一匹の猫が加わっていた。「山ちゃん」という名のハチワレの猫だった。そこには小さく、「迷い猫」と書かれていた。

その気弱そうなハチワレの顔をボクはしばらく見ていた。どんどんその猫の顔がにじんでいくので、目頭を指で押さえた。泣き虫はいくつになっても泣き虫だ。やっかいだなと思った。ただ、そこで気付くことがあり、夢ちゃんの手による『新宿の猫』を開いた。

やはり、あった。

十八匹目の猫の詩がそこにあった。

山ちゃん

迷って歩くのは、
生まれつきの性分なんです。
なにもかもが輝いていて
ボクは立ち止まってしまうから。
道はこっち？
それともあっち？

会った猫を好きになってしまうのも、
生まれつきの性分なんです。
その猫の瞳の奥に
だれも知らない宝石を見つけてしまうから。
この猫かな？
それともあの猫かな？

迷って迷って、

歩き続けてきました。
だから、迷っている他の猫の気持ちがわかるのです。

ボクを道しるべにしていいよ。
でも、正しい道なんてどこにもない。
そんなものは最初からない。
振り返ったときに、
これが道だったと初めて気付くのだから。
にゃにゃにゃ。

生と死はみんな同じだよ。
違うのは、ボクらが歩むこの道だけ。
みんな違った目で、みんな違った世界を見ている。
弱点だと言われても、長所になるんだ。

迷って迷って、
これからも歩み続けていく。

生まれつきの性分ですから。
ボクは生まれついての
迷い猫ですから。
にゃ。

ジョッキを手にすることも忘れて、十八匹目の猫に捧げられたこの詩を、繰り返し、何度も何度も読んだ。泣き虫のまま読んだ。「どうしたんですか?」とヒロトに言われるまで、ボクの心は、廃墟で抱きしめ合った人の温もりのなかにあった。

その夜から、花梨花の冷蔵庫にはあらたな猫の家族図が貼られることになった。原画はボクのうちの書庫にちゃんと取ってある。焼き台からの煙でくすんでしまっても後悔しないように、貼り付けてあるのはコピーしたものだ。

客のなかには、「それはなんですか?」と猫の家族図を指さす人もいる。詳しくは語らないけれど、「昔、このあたりに猫がたくさんいた頃、可愛がっていた人がいたんです。その人が描いたんですよ」とは伝えることにしている。

ついこの間は、ぶらりと入ってきた一人の青年が興味を持ってくれた。地方の大学を卒業して、東京で就職したのだという。まだあまり友達もいないらしい。

彼はホッピーの一杯目を、ただただスマートフォンを見ながら飲み干した。そして二杯目を飲む際に、冷蔵庫に貼られた猫の家族図を発見したのだった。なんですか？　と聞くので説明をすると、「新宿にもこんなにたくさんの猫がいた時代があったんですね」と驚いたような顔をしてみせた。ボクはうなずいて、厨房の窓を指さした。

「あの窓の向こうに頻繁に猫たちがやってきたくらいでね。次に現れる猫を予想して、みんなでギャンブルをしたものなんだよ」

青年は、ジョッキを持ったまま笑ったが、あまり信用した様子ではなかった。その話には乗ってこず、東京で暮らすことの愚痴を漏らし始めた。猫が好きだけれど、狭いアパート暮らしなので飼えない、とも言った。

「飼わなくてもいいんじゃない」

ボクは自分で飲むホッピーを作りながら、青年にこう答えた。

「猫は、友達になってくれるんだから」

そうですね、と青年は頭を振り、ボクが丹念に焼いたピーマンに食らいついた。

「むちゃくちゃうまいです」と目を輝かせ、へたまで残さず食べてくれた。

そのすぐあとだった。「わっ」と青年が声をあげ、厨房の窓を指さした。

塀の上に猫がいた。ハチワレの猫だった。夢ちゃんと本当のさよならをした夜、花園神社に現れてくれたガーネット君だった。

ガーネット君は窓に顔をくっつけるようにして、店のなかを見回した。「今夜も盛り上がってんの?」という感じでボクらを見つめ、灯りの向こうへと去っていった。

「本当に現れるんですね、猫」

「うん」

偶然にも、そのとき店に流れていたのは、ボクが初めて花梨花のガラス戸を開けたときに耳にした曲だった。トム・ウェイツの『ダウンタウン・トレイン』だ。

あの列車に乗っていけば、あの娘に会えたのに……しゃがれた英語で、彼は唸るように歌っていた。

新宿の夜がまたひとつ過ぎていく。

著者が若い頃、

色弱を理由に就職試験の機会を奪われたこと。

新宿のとある素敵な居酒屋の冷蔵庫に

『猫の家族図』が貼られていたこと。

これら二つの事実を除けば、この物語はフィクションです。

実在する人物、団体とは猫のつま先ほども関係がありません。

うめちゃんと、かつての新宿の猫たちに捧ぐ。

この作品は、二〇一九年一月に小社より刊行したものです。

新宿の猫

ドリアン助川

2021年12月5日　第1刷発行

発行者　千葉 均
発行所　株式会社ポプラ社
〒102-8519　東京都千代田区麹町4-2-6
ホームページ　www.poplar.co.jp
フォーマットデザイン　bookwall
印刷・製本　中央精版印刷株式会社

N.D.C.913/271p/15cm　ISBN978-4-591-17204-9

落丁・乱丁本はお取り替えいたします。

電話(0120-666-553)または、ホームページ(www.poplar.co.jp)のお問い合わせ一覧よりご連絡ください。
※受付時間は月～金曜日、10時～17時です(祝日・休日は除く)。

P8101433